# CEREAL

*TRAVEL & STYLE*

主　　编　Rosa Park
创意总监　Rich Stapleton
文字编辑　Richard Aslan

中文版主编　王菲菲
策划编辑　唐颖　郝兰
责任编辑　郝兰
营销编辑　胡奕

译　　者　张晓敏
装帧设计　申亚申
封面摄影　Mark Sanders

图书在版编目（CIP）数据

谷物.3，空之禅 / 英国 Cereal 编辑部编著；张晓敏译. -- 北京：中信出版社，2016.8（2025.7 重印）
书名原文：Cereal 11
ISBN 978-7-5086-6474-3

Ⅰ.①谷… Ⅱ.①英… ②张… Ⅲ.①游记-作品集-英国-现代 Ⅳ.① I561.65

中国版本图书馆 CIP 数据核字（2016）第 166211 号



谷物.3，空之禅

编　　著：英国 Cereal 编辑部
译　　者：张晓敏
出版发行：中信出版集团股份有限公司
（北京市朝阳区东三环北路27号嘉铭中心　邮编　100020）
承 印 者：北京利丰雅高长城印刷有限公司

开　　本：889mm × 1194mm　1/16　　印　　张：9.75　　字　　数：120 千字
版　　次：2016 年 8 月第 1 版　　印　　次：2025 年 7 月第 21 次印刷
书　　号：ISBN 978-7-5086-6474-3
定　　价：68.00 元

# 序

《谷物》可以证明我是多么欣赏干净利落的现代设计。我也很乐意承认，在到访过的很多地方，我会着意搜寻那些风格简约的生活小铺或餐厅。因为这种风格之中蕴含着某种幽微的美感，既引人入胜，又使人安宁。然而再美好的事物也难免会有让人望而生厌的时候。最近，我转而倾慕起那些与我从前的趣味大相径庭的风格来：某些富丽堂皇的老派设计，醒目大胆的配色，印花棉布，弯曲的大理石楼梯以及枝形吊灯。它们都令我着迷，也正是它们，将我引向了维也纳。

无法否认，作为奥地利的首都，这座城市拥有活力四射的现代化的一面，只不过我旅行的重点并不在此。一开始，我的主要目标是寻访这座城市悠久的历史景观以及辉煌的艺术成就。然而不过一天时间，我的兴致便彻底转向当地的美食。尽管艺术史博物馆大理石纹彩的大厅，以及修剪整齐的贝尔维第宫的草坪让人回味无穷，也满足了我对优雅的古典建筑的憧憬，然而最让我念念不忘的却是苹果派里温热的金黄色苹果块儿。于是我开始给入口的每一份炸肉排和苹果派打分，正式宣告自己来到维也纳的使命：去我心愿单上的每一家维也纳咖啡馆（数量巨大），尝尝这两种食物做得怎么样。

前三天，我的速度差不多是每天四家咖啡馆。眼尖的各位可以算出来这等于每天要吃至少四份馅饼再加四份炸肉排。我还确保了我的搭档吃得跟我一样多——让我一个人发福，没门！在哀叹我日渐阔绰的腰围之余，日子还是相当快活的。将生奶油厚厚地堆在苹果派上时，我感到一阵幸福的眩晕；当我细细品尝炸肉排时，发现它们的分量是如此豪爽，相比之下，盛它们的盘子倒显得太小。对着深夜供应的面点犯花痴，却因还沉浸在之前品尝美食的极端喜悦中而手抖，拍下了许多模糊的照片。室内装饰着的独特的红木镶板以及天鹅绒窗帘都让我痴迷不已。当我低垂着眼帘的时候，时光仿佛退回到19世纪末20世纪初，邻面的小隔间里懒洋洋坐着的，正是奥地利著名画家克里姆特（Klimt）本人。

*Rosa Park*

# 目 录

## 东京，日本



## I. 艺术与设计



## 西雅图，美国



## II. 时尚

## 维也纳，奥地利



## III. 逃离



## 别册《周末 · 自由》



## 撰稿人

Alice Cavanagh
Alison Elwin
Anders Schønnemann
Barry Craig
Brooke Holm
Charlie Lee-Potter
Finn Beales
James Fitzgerald III
John Pawson
Jonathan Gregson
Justin Chung
Lily Le Brun
Lucy Wilson
Mark Sanders
Marsha Golemac
Nathalie Schwer
Rishad Daroowala
Satsuki Shibuya
Sean Hotchkiss
Tony McNicol

《谷物》正在

**读**

原研哉的书《白》

**听**

美国说唱歌手 Pusha T 的歌《Untouchable》

**用**

伊索（Aēsop）的免洗洗手液

# 东京，日本

# T O K Y O

J A P A N

35°42’31.3”N 139°43’56.8”E

# 24 小时

## 东京速览

文字：*Rosa Park*　摄影：*Rich Stapleton*

# 住

## 安 缦 东 京 酒 店

安缦酒店在东京的分店秉承低调奢华的设计风格，是东京狂热的大都市氛围中一处优雅的庇护所。澳大利亚知名建筑师克利 · 希尔（Kerry Hill）在都市摩登基调中融入了日本传统文化元素——和纸滑门、日式深浴桶——创造出一片具有地道日式风情的空间。然而，从公共休息区美得令人窒息的日式插花，到赏心悦目的日本扁柏洗浴用品，酒店最令人难以忘怀的还是它对细节的重视。皇居外苑和银座豪华商店都近在咫尺，天气晴朗的日子，白雪皑皑的富士山则抬头可见。

东京千代田区大手町 *1-5-6*，大手町大厦，邮编 *100-0004*

自由

*freedom*

---

# 周末

# WEEK|END

别册

# 自 由

*by Carrie Etter*

CARRIE ETTER
祖籍在伊利诺伊州的诺尔莫市。2001年定居英国，2004年开始在巴斯泉大学执教，担任创意写作课高级讲师。
她的新作《想象中的儿子们》(*Imagined Sons*)入围诗歌协会主办的“泰德·休斯纽约最佳诗歌奖”。

诺尔莫市，伊利诺伊州

在我家乡西边的住宅区，
几乎每家每户的车库里都停着三辆车，
给丈夫、妻子和正处青春期的孩子。

在IHOP餐厅（International House of Pancakes）吃早餐，
喝着应有尽有的咖啡，
我无意中听到一个男人说：

“我从不出国旅游。
我们已经拥有一切自由和每一种风景，
为什么还需要护照？”

对面坐着的，我的侄女凯莉，
扬起了她的眉毛。

# 蜘 蛛 困 局

*by Shona Sanzgiri*

SHONA SANZGIRI
作家兼摄影师，来自加利福尼亚。他的作品发表在《智族》《巴黎评论》及《VICE》等媒体上。

2015年夏天，我们家窗户上出现了一只黑寡妇蜘蛛，是我未婚妻刷盘子的时候发现的。五美分大小，在纱窗上爬动。下班一到家，妻子就领着我到水槽边问：“我们该怎么办？”我毫无头绪。虽然我没有蜘蛛恐惧症，但也不确定应该怎么处理这只黑寡妇。在我年轻的时候，这位黑衣杀手便以杀人于无形著称。“请人来除掉它吧。”我半是认真地说。但我们后来并没有这么做。过了一个月或是更久，蜘蛛仍然困在那里，在窗户和纱窗之间一动不动。我们服丧似的挂上了深色窗帘，时不时拉起帘幕，发现我们的囚犯又钻进了缝隙里的其他角落。同所有的活着的生命体一样，它也受本能控制。显然，它的本能恳求它别动。毕竟，谁知道囚禁它的人会拿它怎么办。我们尽一切可能忽视它。我相信它注意到了我们，我相信它满脑子想的都是我们。

蜘蛛的困局让我开始思考自己的本能、限制和边界。作为活在21世纪的年轻人，求也好，借也好，偷也好，我总是明里暗里地被鼓励去争取我能够得到的。考虑到这一点，有意思的是，如今我相信最大的自由来源于限制。在美国，自由和购买力绑在了一起，它意味着选择自由、行动自由以及意愿自由。同这种自由的标准解读相反，法国散文家蒙田认为自由意味着打破常规，偏离历史和文化，将自己当成某种独立于其他一切事物的存在。

然而我却对其他的更感兴趣（虽然蜘蛛可能不会喜欢）：没有自由是如何建立起某些重要的东西的？拿艺术来举例。受到表现媒介的性质的约束，油画和摄影被迫采用透视的方法去暗示纸上并不存在的多维空间。而一件二维平面艺术作品如果加入情感的维度，也能达到类似的效果。这就是《蒙娜丽莎》之所以如此著名且令人着迷的原因：从描摹她含蓄表情的笔触之中，我们感觉到了整个世界。音乐和文学也有类似的技巧。比如里奥纳德·科恩短小而意义模糊的佛教抒情歌词，或者海明威的冰山理论——作家在创作任何作品的时候都会将痛苦埋藏在深处，仅展现冰山一角。身为作家兼摄影师，我也熟知这些“山角”。我总是带着几分奢侈的距离感去表现主题，找到机会并从中获得尽可能多的东西之后就离去。

还有些情况并没有那么容易摆脱，比如我的身份。实事求是些，我会想到我的父母以及他们所做出的许多牺牲。我并没有很好地理解平常无奇的移民有什么深刻的含义。我的许多自由是父母给予的，与此同时，他们却仍然受到包括许多印度传统道德的束缚，其中之一便是孝顺。如今我的父母终于能够享受到前所未有的许多自由，而那些自由也是自我

## “没有自由是
## 如何建立起某些重要的东西的？”

诞生以来就一直忽视的：高兴做什么就做什么，很多一时兴起的念头也可以马上行动，不用总是担心。通电话的时候，母亲对我说：“别人都说我们很快就要步入晚年了。可是，我却觉得现在比过去任何时候都要自由。也许这就是人之将死的好处。”我却总是要不断提醒自己拥有许多别人没有的自由。像自由这种基本的东西，它的重要性只有在失去以后才能被感觉到。但是既然它一直在那里，我就很难察觉得出来。

受到压迫时，我的确能够通过自由的反面——压力来明白自由的价值。我们每个人心里都有一些压力，有时我们会称之为“肩上的重负”。很长一段时间里，我内心最大的负担就是得到他人认可的需要。我寻求认同，却害怕和别人亲密接触，或者被人拒绝。除非你真的非常喜欢，否则这种状态最终会让你无法忍受。为了做出改变，我放纵自己买了一张去威尼斯的机票。在那里我不认识任何人，也几乎没人认识我，更别说拒绝了。我乘着一条空荡荡的交通船到了那里，找了家灰扑扑的老酒吧喝阿贝罗酒，然后走了出去，外面正在下雨。我和陌生人交谈、唱歌，甚至迷了路。去了一家博物馆，但什么也没看懂。允许自己为一些小小的胜利感到快乐，比如在遇到官僚主义的情况时成功地应对，或者一整天吃吃喝喝最后顺利回到了宾馆。脱离了熟悉的环境，我觉得更轻松了，也不再执着于想要被理解。大部分时候，我都在愉快的氛围中度过。这个实验起作用了：无论自己的思想和感觉多么迂腐，我都不再妄加评断。

20多岁的时候，我自始至终都在通过适量抽烟喝酒来追求这种免于评判的自由。如今，我在私人生活中发现了自由。在这个社交网络大行其道的年代，最大的推动力就是分享——一篇文章，你的感受（但不能太多太长），一条关于流行文化的评论，一份政治声明，然而我却以保持沉默、不去参与的方式获得了某种力量。除了相当节制的写作和摄影，我的观点和想法都是秘而不宣的。简单地说，它们不供出售。这是一种拒绝表达的自由。

一只被困的蜘蛛竟然引出了这么一大通激烈的讨论，虽然听上去似乎很荒唐，但的确是这样。当最后看到它多节且蜷缩着的身体趴在窗台上的时候，我用一只塑料勺子将它移到了垃圾桶里，然后停留片刻，感觉自己好像做了什么坏事。但我没有，我告诉自己。我不过做了很多人都会做的事情。我不是在惩罚它，而仅仅是在“保护自己”。当我站在那里分析自己到底做了什么的时候，我突然意识到整件事情中，蜘蛛没有任何发言权，然而当它出现在我们窗户上的时候，我们也没有别的选择。我们没有一方是同意的，也都没有奋力一搏。没有选择，没有热情——没有自由。当生活中大部分遭遇之所以如此只是因为没有其他选择的时候，那些我们觉得自己恰得其所时的瞬间就显得尤其珍贵。所以，假如你找到了某种值得珍惜的东西，无论是一件艺术品、个人的神秘主义倾向、逝去的爱，或者是某种无从表达的情绪，一定要大声说出来，表明你的态度。想想所有死去的蜘蛛吧。

# 消 失 的 举 动

*by Alice Cavanagh*

ALICE CAVANAGH
一位定居巴黎的澳大利亚作家。她供稿的媒体包括《T杂志》《华尔街日报》《W杂志》《公寓》以及《悦读》。
她专攻时尚，也会写人物和远方，而她的秘诀是把这些元素混合起来。

**一个不求美名也不要骂名的作家**

上面的小标题是我的签名。那么，很奇怪是不是，我竟然会同意写一篇“个人随笔”。你认为我会很享受这种自我陶醉的快感吧。我没有。并不确切。写篇个人随笔总会让我联想到伟大的琼·迪迪翁（Joan Didion）的名句：“作家总在做着出卖人的事。”我完全同意，尽管作家们出卖最多的就是他们自己。

我很确定我的想法并非向来如此。小的时候，和其他很多小女孩儿一样，我曾梦想成为一位著名的某某，直到我认识到聚光灯下的生活是什么样子，才打消了这种念头。尴尬。被挑选出来——无论是以鼓励还是责令的方式——总会带来相同的结果：暗自羞愧，希望能逃跑，无论用什么办法都行。

**我想隐姓埋名**

我成长于悉尼的郊区，在那里，邻里之间每个人都对别人的事情了如指掌。他们在哪里工作，早餐吃了什么，谁离婚了。这就是郊区的生活。

假如我在学校认识了新朋友，我妈会说：“噢，我认识莎拉的妈妈的嫂子。”或者，说起某个我正在秘密约会的男孩：“你可别跟他约会——他爸是个骗子！”没有任何事情能逃得过她的法眼，其他人也都是一个样。对那些想要找点刺激或者探索新东西的人来说，这里太令人窒息了。

毕业后，我搬到了城里，找了间公寓，有了更多自由。某种程度上，我找到了那种隐姓埋名的感觉，这主要是因为我不必再回应任何人。我真的很喜欢那种感觉——好像一切皆有可能。我是一个喜欢社交的人（真是这样），但大学三年我没有和任何人交朋友。而那是出于我自己的选择：我想要单独一个人不带任何承诺地在校园里游荡，不想违心去参与什么事情。我偶尔逃课，大多数时候没人注意得到。

在校外，我搜寻着新朋友、新地方和新经历。我最喜欢那些陌生而思想开放的人，这是因为我也希望能由此发现某种不一样的自己。然而不久以后，我再一次感觉到生活范围的局限。我不由自主地察觉到我们都被各自的背景、生活选择以及某些时候犯下的错误所分类——似乎周围人的死板的看法真能影响我们。

## “我想隐姓埋名。”

只有旅行能让我逃开，给我安慰。登上飞机，和那个我（在家的我）必须扮演和希望扮演的角色——无论是什么角色——隔开一定距离，我很享受这种感觉。

搬去巴黎的时候，我谁都不认识，这大概是巴黎最吸引我的地方。我喜欢重新开始。并不是要彻底改造自己，而是希望想消失的时候就能隐身不见人。即便现在结婚了，也拥有一群很棒的朋友，我还是可以直接去城里待上五天，不必担心碰到什么熟人。

大多数作家都是那种喜欢独处的个性——内省的孤独者，他们常常被创作过程所折磨——这就是没入大城市和与自己的思想独处令人陶醉的原因。很可能也正因如此，我的职业才和我的个性如此合拍。当我在工作中碰到采访对象时，是我向他们发问，而不是反过来。整个采访过程和一点儿天生的好奇心让我能够避免任何情绪的困扰。我的职业在于为其他人的生活喝彩。离题是一种生存策略。

除了Instagram，其他所有的社交媒介对我而言都是折磨。怎么样才能言之有物，但同时又不至于真的透露某些重要的东西？一位优秀的编辑会告诉你那就什么也别说。当然，如果作品能发表，名字能刊登出来，我也会感到很高兴。只不过如果有人告诉我他们读过我的作品，我就会觉得窘迫不堪。所以请什么也别说。尽管如此，还是感谢你们的阅读。

F R E E

## 根津美术馆

在一个以喧嚣繁华著称的城市中，寻得一处静谧之地并非易事。而对在东京狂乱的生活节奏下身心疲惫的人而言，根津美术馆为他们提供了一处宁静的暂避之所。坐落于港区大型百货商场和精品店之间，它最初是为安置商人根津贺一郎所收藏的日本和东亚其他地区的艺术品而创建。美术馆的空间设计及7 400件藏品的收集管理都要归功于现任馆长——根津贺一郎的儿子根津幸一。在画廊中细细品味后，你可以退回到美术馆花园，那是一片真正的都市绿洲。游览完传统茶室，走过浓荫下的石子小径，你很容易便忘了自己身处都市的钢筋水泥之中。

*东京港区南青山6-5-1，邮编107-0062*

## 心 果 点 心 铺

这家精致的日式点心铺位于目黑区八云茶寮餐厅内，其风格体现了日式完美主义与画廊美学的碰撞。心果的灵感来源于Simplicity设计工作室的创始人绪方慎一郎。他对日本现代建筑与室内设计的影响以及独到的审美都广受推崇。心果于2009年开张，包装精致的时令京果子仿佛摆在画廊里的艺术品。选好纪念品后，你可以漫步穿过毗邻的小花园，里面种满了郁郁葱葱的日本李树。

东京目黑区八云町*3-4-7*，八云茶寮，邮编*152-0023*

## 茶酒金田中餐厅

这家极简日式餐厅的特色在于，用两块硕大的长木板作为餐桌，用餐时面朝竹林和石材庭院，品位不俗。隐蔽在表参道站的后街，这家餐厅仿佛一块藏匿的珍宝，值得你耐心寻找。这里既有传统菜肴，也有精心配置的套餐。热门菜品包括咖喱面、极薄生鱼片、香酥鱼，以及多种时令甜点。

东京港区橡树表参道*2F*，北青山*3-6-1*，邮编*107-0061*

## 东山料理

东山料理的特色在于传统的日式时令菜肴。这里的厨师们取法自然，简明的菜单和精致的食物给人以轻松的享受。口碑菜品包括按季节更替的酥脆天妇罗、竹笋浓汤，以及浓郁的酱汁神户牛小腿。这里也设计了一系列包间以保证就餐的私密性。主餐厅是纯白的极简风，粗糙的墙面和质感十足的家具为餐厅增添了些许温暖气息。整墙的落地窗外是经过精心打理的日式花园。

东京目黑区东山 *1-21-25*，邮编 *153-0043*

# 原研哉

## 和无印良品艺术总监谈设计

## KENYA HARA

DISCUSSING DESIGN WITH THE ART DIRECTOR OF MUJI

文字：*Charlie Lee-Potter*　翻译：*Tony McNicol*
摄影：*Brooke Holm*　艺术设计：*Marsha Golemac*

原研哉是那种很少见的人，他的言辞同其设计一样讲究。自2002年开始担任无印良品的艺术总监，他的品牌理念是去除一切外在和不必要的修饰，让物品变得美丽。这一概念也贯穿于他的谈话始终，比如在回答关于一个鸡蛋或者汤匙的问题时，他绝不会提那些老生常谈或者无趣的东西，他的表现与其说是一名设计师，倒不如说更像一位玄学诗人。他常常使用诸如“自然的领地”“空比满更为丰富”“感官的宁静”一类的词句，语气沉着而坚定。倘若将原研哉比作一件物品，那他就是无印良品记事本：目的明确，浑融内敛，又充满希望。

Muji（无印良品）意为“无品牌”，是“Mujirushi Ryōhin”（无品牌标志的好产品）的缩写。虽然如此，它的产品却具有相当的品牌辨识度。这家公司尽量避免广告传销，设计师都是匿名的，产品包装也尽可能简化。我特意去拜访了一家无印良品商店，想要弄清楚究竟是什么让它如此成功，店内的一个中年男人吸引了我的注意。他站在一排普普通通的白色香薰机旁边，按下开关，香薰机便吐出袅袅香雾。男人来回走动着，双手掬起一捧从圆柱形仪器中缓缓溢出的散发着香味的水蒸气，贪婪地放到鼻子前面，一直微笑着。我似乎觉得无印良品的影响在他身上得到了完美体现：它的品牌哲学暗示着它的顾客不仅是在购买商品，更是在进行某种精神交流。比如他们真的会去闻香薰的味道。

原研哉在日本备受尊崇，然而对于一个致力于简朴生活的人而言，他的日程却似乎太过繁忙了。我们的对话往返于英国牛津与日本东京之间。我用英文给他写信，他拿日语回复。他优美而曲折的字迹既晦涩难懂，又魅力非凡，让我着迷。如同那个在无印良品店里闻香薰的男人，我也试图破译并吸收这些优雅日文的含义（别惊讶，在对日语的热度退去后，我还是要依赖翻译）。我发现，在很长一段时间里，原研哉都在不断回归“空”这个概念本身。在许多文化传统中，“空”都是一个贬义词，对他而言却有着积极的内涵：“无论对谁而言，无论如何使用，‘空’都是一种对终极自由的追寻。当一件物品是空着的时候，它才能承载形象，才能被人使用。以两把刀为例，一把是德国的双立人刀，另一把是日本的柳叶寿司刀。双立人刀的设计符合人体工程学，所以当你握住刀柄的时候，大拇指会自然地放在合适的位置，这让它能轻松地被人们掌握和使用。与之相比，柳叶刀的刀柄是一根简单普通的木棒。它不会引导你握在什么地方，所以你可以随心所欲地操作。日本寿司师傅所有精妙绝伦的手艺都在这把简单平常的刀柄上得以施展。双立人刀的设计是‘简洁’，柳叶刀的设计是‘空’。二者都十分出众，但还是有所不同。”

虽然无印良品的顾客并不一定察觉到了这种刀柄背后的思想，但当他们切分吞拿鱼和三文鱼时，可能会开始留意这种“空”的工具正在影响着他们切东西的方式。对此，原研哉说：“他们已经有了深刻的领悟。”对于一把简单的木柄的刀具而言，这个评价已经不低了。

原研哉对设计如此痴迷，人们很容易设想他的品味中一定有很多条条框框。然而他也有柔软而感性的一面。比如当他说起“完美”的作品时，“我并不认为我们做的东西比得过小孩子捏出来的一件歪歪扭扭的陶器。别的暂且不提，孩子的作品具有一种包容性，凝聚了他所有的情感和想法。设计的力量便在于这种能够包容人类各种观念的接纳能力。”自然，这再度表现了他对“空”的热爱。

“空”这个概念对他如此重要，看起来他似乎

▶▶▶

正在朝着某种私人形式的“空”前行。我问他拥有好品味对设计是否重要，他说“空”是唯一且最终的目标。“首先，设计师应该对他们自己的品味有一定的了解。假如他们没有独树一帜的风格，别人也好，他们自己也好，都无法了解到他们的创意在何处。就我个人而言，从小我就有许多制作东西、发挥创造力的机会。但随着时光推移，年岁渐长，我的兴趣已经转向小且纯粹的对象。我想代表我的风格的颜色已经逐渐褪去，变成了空无所有的白。”

原研哉关于文化的一些看法具有更大的争议性。全球化在我们眼里是如此熟悉，许多人已经见怪不怪了。原研哉却不以为然：“文化是一种地方性的存在，根本没有‘全球性文化’一说。文化指的是我们恰巧诞生的那个地方正繁荣生长着的不可思议的事物。在我开始接手无印良品时，我的想法是：如果无印良品诞生在德国，它会是什么样子？假如它诞生在中国或波兰呢？我认为这样的设想对于它的自然发展是大有裨益的，因为无印良品不受日本特色传统文化的约束，事实上，我们也没有在产品中特意植入日式传统形态和风格。话虽如此，认为质朴能胜过奢华（或者说‘空’比‘满’更丰富，因为它易于接纳更多东西）的想法，的确是从日本的传统美学中来。无印良品试图对其进行改良，将其呈现在一个全球化的背景之中……世界的多姿多彩正是由于不同文化之间相互碰撞，发出各自的声响。我认为有些现象不能称之为进步，比如中国人吃着意大利人的红辣椒，或者澳大利亚人洗着北欧人的桑拿浴。传统并不都是陈旧的，它是一个国家或地区应对未来的宝藏。”

未来令他忧虑。他坦诚人工智能让他担忧，他认为人类正在迈入一个危险的新阶段，他将其称为“史前”（pre-history）阶段，身在其中，“我们无法知道下一步会发生什么”。我们生活在一个焦虑的时代，我们关心的很多东西似乎已从艺术、设计以及品牌的领域中剔除殆尽。我想知道原研哉如何通过他的作品的形象反映现存的危机（恐怖主义、疏离感、气候变化、移民问题、环境污染）。他相信设计不仅不该被排除在外，恰恰相反，它的作用举足轻重。“设计是一种智力的操练，它维护了某种可被称为‘感官的宁静’的价值。我认为即便经济体制或文化背景迥异，人类都拥有一些可称之为‘表象’的共同经历。假如我们能让人类记起这种共有的我们称之为经验的表象，或许这个世界能够合而为一。设计的重点不在于使人惊奇，或者用新奇的东西引人注意，而在于创造机会去让人类察觉到隐藏在一切事物之中的长久积累的智慧……我相信这种察觉会触碰到人类共有的表象，从而带来某种领悟，或者感官的宁静。”

原研哉设计理念的特别之处很大程度上在于其接纳性，乐于倾听，无品牌痕迹。然而他也喜欢教育和引导。我问他假如设计最终并非总是具有教育意义的，在这种情况下，那种绝对的“空”的设计怎么可能存在？他的回答虽在我意料之外，却令人愉快：“一座美丽城市的建成并不是天才设计师的功劳，相反，一座城市最终的样子是生活在其中的市民的大量欲望相互冲突的结果……假如人们不再乱扔垃圾或者随地吐痰，这座城市便向前迈了一步。当涂鸦消失，损坏的街灯不再无人修理，且公厕开始自行保持洁净时，城市就更加文明。设计可以引导人们的欲望，使城市沿着好的方向发展。它并非某种教条，而是帮助人们提高察觉事物的特别之处的能力，比如当他们使用某种无花纹的毛巾时觉察到舒适的质感。”

通过一条柔软的毛巾来描述我们共有的“表象”是一种典型的原研哉式修辞：由特殊推及普遍以阐释意义，反之亦然。我想知道最令他满意的是哪件物品或设计。他的答案很简单：饭团（onigiri）。“它是用米饭做的，把米饭轻轻捏成团状，再在中间加上一种名为‘gu’的或酸或辣的食材，比如腌渍梅干或者盐渍三文鱼…… 无论什么时候，我手握一个饭团，都会感到由衷的快乐，从无例外。”他原本可以选择勒 · 柯布西耶的椅子、古根海姆美术馆或者协和飞机，却独独青睐一个小小的饭团，如此低调怎能不让人为之所动？■

“无论对谁而言，无论如何使用，‘空’都是一种对终极自由的追寻。”

外观：无印良品垂直型住宅

# 坚守内在

## 东京民居探访

# HOLDING IN THE INSIDE

## AN EXPLORATION OF TOKYO'S RESIDENTIAL ARCHITECTURE

文字：*Richard Aslan*　摄影：*Rich Stapleton*

内線：内部电话线；内臓：内部器官；内耳：内耳；内心：心中；内輪：家里；内緒：秘密；内気：羞怯 // 内外：内部与外部；内外人：日本人与外国人 // 外国人：外国人；外出：出门；外観：外观；外来：进口的；外見：外表；外食：在外吃饭；外洋：外海；外気：户外的空气。

内（uchi）：内部，四画。部首“冂”，旷野；加“人”（hito），“人”在内 // 外（soto）：外部，五画。 部首“夕”，日落；旁边加“卜”（urana），占卜、算命。“人”字的分叉处在“冂”里面，不在外面；uchi // soto：内部 // 外部。二者必居其一。

外部：广告屏幕上闪烁着面条和电子游戏的形象，扬声器扩散着饭碗的打折信息，十字路口放送着不同的音乐，提示行人或停或行。为了提醒沉睡的旅客车辆已到站，列车会在每一站演奏特定的旋律优美的小夜曲。人潮涨落，地下通道缓慢吞咽着人行道上满溢而出的雨伞森林。打卡上班，打卡下班，排队等候。乱作一团，被运输着、支配着、颠簸着，涌入郊区杂乱的低层建筑群。

東京市 / Tōkyō-shi / 东京市：23个特别区，总面积623平方千米，总人口9 214 130人。東京都 / Tōkyō-to/ 东京都：23个特别区 + 26个市 + 1个郡 + 4个支厅，总面积2 188平方千米，总人口13 185 102人。一都三県（Itto-Sanken，一都三县）：23个特别区 + 26个市 + 1个郡 + 4个支厅 + 3个县，总面积13 500平方千米，总人口38 001 018人。首都圏 / Shuto-ken / 首都地区：23个区 + 26个市 + 1个郡 + 4个支厅 + 7个县，总面积36 889平方千米，总人口43 470 148人。

柏油碎石路面一直铺到门口，行人们在灯柱和自行车周围找寻着各自的去处。路上有一道白线将他们同车流隔开。汽车小心翼翼地爬行在仅容一车通过的街道上。面街的大门有的是滑动门，有的是推门，它们正要打开，却被与白线同样的油漆刷成的停车标志（止まれ）阻止了。空调挂机蹲伏在芦荟花盆与微型枫树盆栽旁边，摩托车还未熄火，车钥匙插在锁眼里，头盔挂在车座上，似乎完成了障碍挑战赛。一只猫朝街角漫步而去，嘶嘶的车流声驱散了此前的宁静。投币式停车场，干洗机，站立式咖喱店，摆着微波炉可加热的即食便餐的7–11商店，自动售卖机，自动售卖机，自动售卖机。当天色发白时，天气干冷；而当天空蔚蓝时，空气湿润，富含深意；天空被从墙里绕出来的电线分割成一块块扁菱形。

将内外分开的平行斜线是空而赤裸的，仿佛城垛般兀立，隐秘的箭矢在此飞来飞去。火绒般的房屋，小石子灰泥墙，散发着光泽的瓷砖，凹槽以及上过漆的塑料槽口接头板被塞进仅宽数米的土地里。伸手便能摸到隔壁人家的院墙。抬头看见一扇百叶窗后好像有动静。贴着窗玻璃，百叶窗朝内开着，几竿竹子长及窗台，窗台上栽满了盆花，层层掩映，光线要照只能绕道而行。建筑的正面，灰色、咖啡色、沙色比例相当，平凡无奇，不讨人喜欢。这种外观设计将内部的特色留在内部，妄图闯入的人兴味索然，只好大步跑开。

▶▶▶

内饰：无印良品垂直型住宅

旋进等腰三角形多出的部位，摩擦着混凝土板围墙和粗糙的浅黄色车库墙，或插入手臂宽的瓶颈状的豁口，背面朝外。它们转身略微抬头就能看见拉面馆红绿相间的标志。它们在波浪形的街角店铺上蹒跚着，仿佛被小心撬开的软体动物。它们在小块的绿色植被旁绕来绕去，将防护性的脊柱伸向大街小巷。它们沿着水泥航道编织出一条条路径，颤抖的土壤被竹株深深缝入地下。墓碑一样高，纸一般薄，扁平的，六角手风琴状，上了弹簧。不足50平方米奢侈的摇篮以及柔软的内部。框架外壳，外骨骼，骨骼，壳质，牙质。犰狳，乌龟，螃蟹，牡蛎，刺猬。犰狳属，陆龟属，短尾下目，双壳纲，海胆纲。

内部：引き戸，玄関，三和土，畳；hikido，genkan，tataki；滑门，门廊，瓷砖地板。外门合上，鞋脱下，被棉服包裹着。站立，屈身，拖着脚走，坐下。泊地，虫茧，避风港，退隐处，鸟巢，静养所，避难所，保护区，栖居地。坐垫展开，茶壶、膝盖和脚趾在被炉边暖暖烤着。钟嘀嗒走动。杂志堆在角落。游客不会到这里来。米饭聚成碗状，传送着舒适的暖意，分量足够我吃。晚间电视屏幕闪烁着蓝光，朋友近在身边。周末早晨的阳光会透过黑暗中的百叶窗照射进来。未成形的，未分离的，孤身一人。2LDK（两居室），大小能用榻榻米来测量。临时住宅，变化着的空间；障子（shouji）：滑动纸屏风；襖（fusuma）：滑动纸门；アルミ（arumi）：铝；メラミン（meramin）：三聚氰胺；杉（sugi）：雪松；桧（hinoki）：柏树；桧（matsu）：松树。站立，屈身，坐下，坐定。

外（soto）：外部，五画。城市，陌生人，未知。部首“夕”：日落，旁边加“卜”（urana）：占卜，算命。内（uchi）：内部，四画。我，家人，家。部首“冂”：旷野，加“人”（hito），“人”在内部。“人”字的分叉处在“冂”里面，不在外面；uchi // soto。二者必居其一。

# 陆 上 极 速

## 解 构 新 干 线

---

# LANDSPEED

## DECONSTRUCTING THE SHINKANSEN

文字：*Richard Aslan* 摄影：*James Fitzgerald III*

子弹头列车欢乐地呼啸疾驰着，穿行在绿色的田野上，经过飒飒作响的塑料大棚和仿佛带着小头盔的屋顶。屋顶上覆盖着瓦片，十分齐整。阳光透过车窗不停跃动着，在速度的作用下，窗外的电缆塔投影成一块块碎片，仿佛连环画转筒似的在笔记本键盘、杂志和季度报告书上反复播放着，也照在打着盹的乘客的腿上。在可折叠桌上伴着阅读灯，铁路的设计者将这些岛屿上的重要地点用色彩柔和的线条勾连成2 000千米的长弧，高速轨道便依照它兴建而成。当机车在办公大厦和购物中心之间似一声叹息地开往无边无际的郊区时，牵引它的同时也是铁路设计者们不断前进的观念。在20世纪50年代，世界上的其他国家都将希望与金钱寄托于航空事业，日本却选择了火车。

### 关于名字

一条宽阔笔直的高速公路被称为“子弹路”，一阵旋风似的速访叫“子弹式旅行”，但“子弹头列车”却并非是你想象中的那种日常的日语词汇。新干线（新幹線）的命名虽然平淡无奇，但它的许多列车的名字却颇具浪漫色彩。用平假名所写的ひかり（光）是一条“跳过大部分车站的东海新干线”。与之类似，希望号（のぞみ / 望み）是一条“超高速的东海新干线”，“望み”的意思是“希望”。木灵号（こだま / 木霊）每一站都停，但“木霊”（林谷的回声）的速度更快。疾风号（はやて / 疾風）在东北线上往返，但“疾風”（一阵清新的微风）从太平洋上吹来。燕子号（つばめ / 燕）横贯九州线，而“燕”（燕子）的尾巴剪过夏日的天空。樱花、鹰隼、山涧以及清晨的太阳给新干线添上了一缕异常诗意的色彩。

▶▶▶

14
15

**列车系列**

从1964年开始长达20多年的时间里，0系列车一直都是日本唯一的高速列车。它具有标志性的圆车头，最高时速达220千米。1985年引进了车头更尖的100系，在此之前的200系（日本东向列车以奇数命名，西向列车以偶数命名）仍然保留着经典的圆头设计。随后出现的是瘦削的300系和1992年的400系。400系为银白色，形似鲨鱼，是新干线首列迷你车型，仅有399个座位，它的轨距也非常狭窄。500系替换了最早的0系，车身锃亮，形似千足虫。600系投入使用时被更名为E1系，它同E4系的共同目标是应对拥挤的人流。后者拥有全世界最大的乘客容载量，有1 634个座位。700系为了降低隧道内的音爆，首次采用了鸭嘴状的车头，同时，N700系设计了一个翘起的弧度，以保证车速尽可能达到其设计的最高时速300千米。800系迷你新干线的出现标志着传统白色外观和圆头的回归，与此同时，E5系的配色则采取了上绿下白中间用一条粉线隔开的设计。红白色的E6系，以及蓝、白和黄铜色相配合的E7系是最新投入使用的常见车型。L0系实验性列车具有超流线型设计，2015年4月，它以高达603千米的时速刷新世界上最快载人列车的纪录。按照计划，2027到2045年间，这个系列的火车将以每小时505千米的速度正式运行，届时东京至大阪的车程将缩短至仅67分钟。

**铁路网络**

东北新干线将青森县同多雪的本州岛连接起来。秋田新干线向西延伸至盛冈市，而山形新干线穿越太平洋上的福岛，抵达西部的山形县和新庄市。上越新干线从大宫区的郊外开始向东北方伸展，经过小小的高崎，然后一路向北直达坐落于日本海海岸，面对着佐渡岛的港口城市新潟。北陆新干线向东行驶，从高崎出发，穿过长野县的山谷到达位于飞驒山脉背面的金泽市。最古老的是东海道新干线，它将东京同名古屋、京都和大阪连为一体。而山阳新干线从大阪蜿蜒向西，先是经过日本内海海边的广岛，其后穿越关门海峡抵达九州。九州新干线将乘客从博多港送往南方的鹿儿岛，后者是整个新干线的最南端。北海道新干线其中一条支线从青森县开始向北直到函馆市，这条线路于2016年3月竣工，将新干线的总长度增加到3000千米。■

“时光 · 淬炼 · 影像”摄影展，**杉本博司**

# 贝 尼 斯 艺 术 之 地 直 岛

## 自 然 之 中 的 艺 术 与 建 筑

# BENESSE ART SITE NAOSHIMA

## ART & ARCHITECTURE AMONGST NATURE

文字：*Richard Aslan*　摄影：*Rich Stapleton*

福武总一郎追求变化的愿望是如此强烈，即使远隔重洋我也能够感受到。这个故事要从某张照片中伫立海边、满怀疑问的两个男人说起。两人都年过中旬，戴着眼镜，西装革履。他们周围是嫩绿的松林，茂盛的青草没过他们擦得锃亮的皮鞋。其中一个穿着白衬衫、灰白西服，打着条纹领带。他有一个建筑构想。另一个年长些的穿着深色的衣服，正指着远处某个看不见的地方。这一年是1985年。这两个男人是三宅近次和福武哲彦：前者是彼时直岛的市长，刚在当地置了一块地；后者正是总一郎的父亲。照片中，海水在香槟色的天空下泛着粼粼银光。但早已今非昔比，数十年来，神户、大阪和广岛的工厂将污染物排向这片海域，鲨鱼也不再来这里玩耍。直岛自身也疲态毕露。而福武和三宅在此地比画着将艺术、建筑与自然融为一体的梦想时，心里也非常清楚，光靠他们两个的力量是远远不够的。

从地图上看，濑户内海仿佛是将四国与本州岛撕裂开来而形成的，留下一地碎片。直岛便是这些碎片中的一块。本州岛在地理位置上更靠近宇野港，行政上却归属于距离更远的四国岛上的高松市。直岛很小，人口仅有数千人，集中居住在岛中部的几个城市，它们像腰带般围着直岛，将北部的灰色混凝土水泥厂同南方未开垦的绿地分割开来。福武哲彦买下来的那一块狭长的土地就在南部，然而这之后不过四年，老福武便过世了。于是，这片土地以及他在此地创办的补习学校连同课本一并交到了他儿子福武总一郎手中。后者将其更名为“Benesse”（wellbeing，幸福），由拉丁文“bene”（well，好）与“esse”（being，存在）两个词结合而成。总一郎实现了他父亲想要兴建一所国际儿童营的梦想，从蒙古买来一排排蒙古包。在其中一块凸起的草地上，有一座栩栩如生、仿佛儿童画的雕塑，是一只四爪干净的猫停在仰躺着的青蛙的蹼上。猫的眼睛一只黑色一只粉色，鼻子红通通的，身体橙黄，蓝色的尾巴卷曲着。青蛙的色彩也一样鲜艳。它们背后有一棵常青树，针叶勾勒出它们的轮廓，仿佛瓜达卢佩圣母像（Our Lady of Guadelupe）中的圣母四周的光晕。再往后就是大海了。而这座雕塑，卡雷尔·阿佩尔（Karel Appel）的作品《蛙与猫》，是总一郎送给这座岛屿的第一份永久赠礼。

随着安藤忠雄精心设计的三座巨大的马蹄形建筑在直岛成功落成，总一郎改造直岛的决心更加坚定。这位超级明星建筑师也渐渐成为直岛王国的标志之一。1992年夏天，安藤的贝尼斯之家（Benesse House）对外开放，既为旅客提供住宿，也收藏和展示艺术品。组成贝尼斯之家的方块、圆形建筑和围墙仿佛在及踝的泥路上跋涉，将要穿越海岬，而它的坡道、广场和门厅则挑逗似的望着远处的圆丘、山坡和地平线。随着视野愈发开阔，安藤为贝尼斯之家设

▶▶▶

《天秘》，**安田侃**（上图）
从**贝尼斯之家**望出去的海景（下图）

《睡莲》，克劳德·莫奈

《对话》（左图）和《关系项——一种信号》（右图），**李禹焕**

计的建筑也越来越趋向齐整规则的形态。1995年设计完成的贝尼斯之家“椭圆”部分（Benesse House Oval）拥有椭圆形露天屋顶，绿色植物从屋顶边缘垂落下来。出人意料的是，11年后，他被说服并短暂参与修建了贝尼斯之家“公园”部分（Benesse House Park）的木质建筑。又过了将近10年，总一郎才终于着手为安藤的建筑设计投资建造一座展览馆。对此，安藤并未设计一座全新的建筑，反而决定修复一所拥有200年历史的传统木质结构的房子。为了延续自己此前的建筑风格，室内加入了他标志性的混凝土元素。

岛上的艺术品也不愿屈居建筑之下，纷纷挣脱了贝尼斯之家的禁锢，在野外寻找新的家园。在这场贴切地被命名为“超越边界”（Out of Bounds）的展览中，直岛迎来了它新的标志。这件作品十分笨重，带着波点、螺纹和茎干从天而降，落在伸进海湾的混凝土栈桥上。这是草间弥生的作品《南瓜》（*Pumpkin*），白天是与出租车相似的亮黄色，到了晚上可以点亮。如今，越来越多的艺术品获得了自由，它们出现在弯曲的小径上或是茂密的松林间，在野外某处特别的地方嬉戏玩闹。不久，人们又在直岛市区的小巷子里发现了它们：有的爬进了空置房屋的窗户，有的在庭院的碎石径上爆开，或者欢乐地溅落到墙的另一边，或者顺着走廊危险地匍匐前行，抑或在房顶欣然盛放。这是2001年9月，为纪念艺术、建筑与自然十周年而策划的创意项目的一部分，它的开展令全岛上下深为震撼。

随着安藤忠雄2004年地中美术馆的大获成功，直岛一举跻身于世界前列。在这座建筑杰作中，安藤将捕捉到的太阳光束深深推入地底，照射在詹姆斯·特瑞尔（James Turrell）和沃尔特·德·玛丽亚（Walter de Maria）两位巨人空寂无声的艺术领域里。在最神圣的地方，警卫们身着一尘不染的制服守护着莫奈的五幅睡莲图，仿佛一扇又一扇的窗户和越来越明亮的世界。2006年，又一波艺术巨浪涌向直岛，斯坦达德二期项目将目标对准了濑户内海附近，其中包括犬岛上的一座废弃的炼铜厂，以及高松和宇野的轮渡港口。2010年，首届“濑户内国际艺术祭”将艺术的浪潮带到了更远的海岸：不仅淹没了直岛，也影响到丰岛、女木岛、男木岛、小豆岛和大岛。三年后，又有五座岛屿参与其中。

今天的直岛已经换了一副模样：心跳声在林间回荡；对李禹焕（Lee Ufan）的致敬回响在混凝土隧道里，直达寂静的山谷；一家媚俗的澡堂喊着“I♥湯”（我爱泡澡）。总一郎仍在那里，在某处，在所有这一切的中心，但随着艺术、建筑和自然在浓密的松林和弹球罐里碰撞，激起的涟漪也在不断扩大。如今直岛讲述的是艺术家和设计师，本地人和游客，建造者和园丁，巴士司机和小店老板之间发生的故事，说的是从前的那一片海现在已开始慢慢恢复生机。■

官网：BENESSE-ARTSITE.JP/EN

《南瓜》，草间弥生

# *I*

## 艺术与设计

# 春天街 101 号

## 拜访纽约贾德基金会

文字：*John Pawson*　摄影：*Justin Chung*

“我花费了大量时间去安置艺术品，又进行了大量修复工作。一切都是从一开始就深思熟虑的结果，为的是能经久不衰。”

唐纳德·贾德（Donald Judd），1989年

唐纳德·贾德比任何人都懂得空间的重要性。在他看来，他的设计与其说奉行的是极简主义，不如说是在赋予复杂的思想以简单的表现形式。而春天街101号，同得克萨斯的马尔法（Marfa）项目一样，都是他这一高标准宣言的完美体现。这栋19世纪的铸铁大楼共五层，有两个地下室，贾德在其中的设计则表明，并不一定要对空间的每个细节分毫必较才能获得独特且精致的感觉。无论是人还是艺术品，在他所营造的空间里都显得轻松自如。由于每一层的建筑条件都不尽相同，所以每一层的设计也稍有区别。例如顶层的壁脚板和地板选用的是同一种橡木，从而营造出一种地面凹陷的效果。而三楼舍去了壁脚板，且在墙壁和地板之间留有空隙，这个细节很不起眼，却改变了整个空间的格局。其中更蕴含着一种特别的私人情愫，因为贾德不仅为摆放艺术品创造了绝佳的环境，更重要的是，这分明又是一个家的空间。从工业风格的厨房、平台床、立式桌，到为他两个孩子雷纳（Rainer）和弗莱文（Flavin）用铰链木板打造的游戏剧院，都表明这里是生活和工作的好地方。我还记得多年前曾去过路易斯·巴拉干（Luis Barragán）的家，那里有一种强烈的生活气息，仿佛有人刚刚还在这里。春天街也给人一种类似的感觉，且更难以抗拒，因为我认识贾德，知道他的存在对于某个地方而言多么意义非凡。■

官网：JUDDFOUNDATION.ORG

# 唐纳德·贾德：永恒灵感的源泉

文字：*Charlie Lee-Potter*

唐纳德·贾德的目标是设计出某种拥有绝对的艺术自明性的物品，这种艺术品既不牵涉任何事物，也不会暗指任何人，尤其是艺术家。尽管如此，为了讨论他的雕塑作品，我却不免要将自己代入其中，当然，也必然要把他牵涉在内。

在评价贾德的作品时，最容易犯的错误之一就是如此推断：因为他具有高度的艺术自觉，尤其是对三维结构，所以他创作的每一件物品都是确定无疑的艺术品。毕竟，他曾宣称的“只要有人说他的作品是艺术，那它就是艺术”为这种论断提供了一个佐证。但是事情没这么简单，因为贾德也同时提出过完全相反的观点。一旦他声明那不是艺术，作为旁人的我们即便相信它是，它也不可能就是。当他把这种信念运用到家具设计中时，就更加引人入胜。他说：“艺术的意图同设计不同，后者必定是功能性的。倘若一把椅子或者一幢楼房没有什么用处，而又偏偏只是艺术，那就太荒唐了。一把椅子的艺术并不在于它类似于艺术的那部分，而是它作为椅子的合理性、实用性和等级……一件艺术品作为自身存在，一把椅子作为椅子自身存在。”[1]这种表述既严谨又全面。一把椅子是一把椅子，就是一把椅子。最重要的是，他讨厌隐喻，或者那种一定要用某物指代他物的观念。正因如此，他过去常常说最喜欢风笛的声音，因为只有这种音乐才不会让他联想起人们的对话。他也喜欢“专一性”（specificity）这个词以及“某种形状、声音、颜色或外观即其本身”（a shape, a volume, a colour, a surface is something itself），而不是类似某物、暗示某物或者代表某物。

评论家仍将贾德称为“极简主义者”，而这种简而化之的定义正是他所厌恶的。1994年贾德过世以后，他的子女们继续表达着他们的这种反感。2013年，他的儿子弗莱文直截了当地告诉记者：“别叫他极简主义者或美国艺术家。”贾德所坚持的定义的纯粹性，以及他作为艺术家在保有对自己的作品的艺术掌控的同时，自身却应被排除在人们对其作品的鉴赏之外的理念，都具有某种颠覆性的吸引力。我们习惯性地认为艺术家的角色会侵蚀他们的作品，而想要从这种思维惯性中抽身出来是非常困难的。我们珍视画作的原笔再现，即表层之下被涂改过的蛛丝马迹，由此可以一瞥画家心境的转变。我们乐于发现画家留在画上的标志性的笔锋。我们对一幅抽象的印象主义帆布画上呼之欲出的个人色彩十分警觉。面对无名作品，我们无法抑制内心顽固的寻根究底的渴望。然而贾德对这一切都忍无可忍，他悄悄抹去自己的所有痕迹，使用外表光滑的工业化素材，包括钢、胶合板以

---

1 唐纳德·贾德，《好灯难寻》（*It's Hard to Find a Good Lamp*），1993年

及他钟爱的有机玻璃。贾德也喜欢用重复的图案和形状，进一步剥离私人或者个人的概念。

如果贾德得以目睹泰特现代美术馆2014年为他举办的展览，他会做何反应？这是个有趣的哲学问题。要知道，贾德热爱工业化流程以及强健、柔韧且坚不可摧的材质。他不愿被评判，但喜欢借他人之手完成自己的构想。我猜想，如果他看到自己的那件《无题1980》遭受了什么，他一定会气得发狂。这件作品由10个用钢、铝和有机玻璃制成的长方体组成，它们被固定在一面白墙之上，有点类似自由漂浮的搁架。每一个长方体之间的距离以及最下面的长方体离地的距离都和长方体的高度相同。这种摆放形式有一种令人宽慰的精准性，所用材料也有平静且光滑的流畅感。来观展的一个孩子肯定也有相同感受：她爬上了最底层的架子，躺在那里任人拍照，看起来十分享受。然而这个情景却激怒了某些参观者，并被他们发布到了推特上，从而引发了长达数日的关于艺术的神圣性以及小孩儿是否应被允许进入画廊的讨论。甚至连艺术家查普曼兄弟（Chapman brothers）都被卷入其中，杰克·查普曼（Jake Chapman）宣称，那些带孩子去美术馆的父母非常“傲慢”，且无论如何，这种参观都“完全是白费时间”。贾德完全有权反对一个孩子对他的艺术作品任性妄为，其他的很多艺术家应该也会对这种愤怒产生共鸣。但我认为这其中包含了某种有趣的哲学性的张力：先是将艺术视为某种工厂产品和工业化程序，但当孩子真的将它认作是搁架时又不满意起来。

20世纪70年代，当我还是个孩子的时候，最爱的玩具有三样：一辆玩具飞天万能车（Chitty Chitty Bang Bang），车两边还有可以拉开的翅膀；一副叫“探索”（Exploration）的棋牌游戏（弄丢了，多年未找到）；一个亮闪闪的白盒子，里面装着许多红色和绿色半透明的有机玻璃方块。这最后一件玩具的设计灵感一定来自于唐纳德·贾德的美学，然而那个时候的我对此不得而知。那些方块的边缘有凹槽，因而能以任意方式组合在一起。我建造过未来主义的塔楼、低矮的壁垒以及分隔墙组装的房子。我还记得我曾宣布要用我的有机玻璃方块创作一件雕塑：我说它是艺术，它就是艺术。在场的每个人都笑了，知道自己被嘲笑后，我用一种十岁孩子特有的刺耳的音调为自己的作品辩白。那时候我还没听说过唐纳德·贾德，所以不能把他搬来做救兵。然而，回首往昔，我相信他一定会站在我这边：那的确是某种艺术。■

# 汉 森 遗 产

拜 访 克 努 德 · 埃 里 克 · 汉 森 的 家

# THE HANSEN LEGACY

VISITING THE HOME OF KNUD ERIK HANSEN

文字：*Lily Le Brun*　摄影：*Anders Schønnemann*
艺术设计：*Nathalie Schwer*

“家具，灯具，地毯，食物，饮料，一切都必须相互交融。”

丹麦菲英岛上的赫勒乌普庄园（Hellerup Manor House）室内空间十分宽敞，一看就是主人性格的写照。在那些被粉刷成赭色和红色，或者用白漆木嵌板装饰的房间里，来自东亚和非洲的古玩珍宝同20世纪的丹麦顶级家具摆放在一起，相映成趣。这些家具中最著名、最考究的包括叉骨椅（Wishbone Chair）、贝壳椅（Shell Chair），以及编织休闲椅（Woven Cord Lounge Chair）， 它们都是汉斯·杰·瓦格纳（Hans J Wegner）与木工卡尔·汉森（Carl Hansen）及其子霍尔格（Holger）合作设计制作的。

这幢17世纪晚期的庄园是霍尔格·汉森酷爱旅行的儿子克努德·埃里克（Knud Erik）的居所。克努德是目前卡尔·汉森父子公司（Carl Hansen & Son）的所有者和执行总裁，也是这个家族企业的第三代管理者。在他之前，公司曾由他的祖父、父母亲和哥哥打理。他在2002年接手公司事务，也在同年买下了赫勒乌普庄园。可想而知的是，这座庄园的装饰布置并不完全是他私人的事情，这里也成了新设计的试验场所以及公司产品的展厅。“我总会先在脑海中设想某件家具出现在我家里时的情景。”汉森说，“看它怎样才能与房子的风格相协调，自问愿不愿意把它摆在家里。所以我们的产品都代表着我的某种品味。”我问他的审美品味是遗传还是学习获得的。“它至少有107年的历史了吧，甚至更久。”他愉快地回答，“那是我的家族文化的一部分。”他接着说，晚饭时听父母的谈话，像公司的成立时间（1908年）这样的信息就潜移默化地记住了。“我和哥哥生下来就注定要干这一行。”

但是人们对他和哥哥的期待是不一样的。传统观念认为，作为长子的耶尔根·耶拿（Jørgen Gerner）应该继承公司，所以同此前的父亲和祖父一样，他也接受了木工训练。1988年，当耶尔根·耶拿终于开始担任公司执行总裁，接任他母亲的工作时，弟弟克努德·埃里克还在世界另一边的某家大型跨国货运公司里打拼。

我们谈话的内容不断转向利润和营业额，由此可见，克努德·埃里克在国外的这段时间发展得不错，他也很喜欢跨国商务以及销售和商业战略上的短兵相接。他不在的21年里很少参与公司事务，也从未想要接管公司。在耶尔根·耶拿表达退休意向时，克努德·埃里克曾打算卖掉他在家族生意里所占的全部股份，也正是在这个时候，他开始认真考虑起自己的角色来。

▶▶▶

◀◀◀

在对家族生意的疏远中，他似乎反而获益良多，这不仅仅在于他因此艰难练就的精明的商业头脑，亚洲和南非的生活经历也让他认识到丹麦人在室内装饰方面的禀赋。“那里的房子都修得很好看，但室内却一塌糊涂。”他回忆，“他们的家装布置方式和我心里想的完全不同，所以我就把自己的家具带过去了。人们都很羡慕。”他认为之所以如此，和两地的气候差异有关。在丹麦，人们大量时间都是在室内度过的，“所以我们的房子，包括家具、灯具等一切，都必须与众不同。”在他看来，室内环境与自然相近是至关重要的。这也是卡尔·汉森父子公司的所有家具都选用诸如羊毛、皮革、纸纱、木材等自然材质的原因之一。过去同公司合作的许多设计师，包括瓦格纳在内，主要擅长的还是对木料的处理，他们“很难想象还能把其他什么材料用在家具上”。打造一个家，最重要的是整体效果：“家具，灯具，地毯，食物，饮料，一切都必须相互交融。你得花点时间，不要动来动去或者乱蹦乱跳，仅仅就是坐下来，聊天，享受生活，共度一段美好时光。”

克努德·埃里克接手时，公司仅有17个雇员，只有叉骨椅和汉斯·杰·瓦格纳设计的其他几种产品。丹麦以外的其他地区，也只有少数几家店铺出售他们的产品。了解到丹麦家具的高品质木材和朴素的设计会拥有广阔的市场前景，他便着手准备将产品大规模出口到国外，并扩大了工厂规模，更新了机器设备。过去的很多设计都得到了复兴，其中包括摩根斯·库奇（Mogens Koch）、凯尔·柯林特（Kaare Klint）以及奥勒·旺斯彻（Ole Wanscher）的作品。公司也同年轻设计师和木工们一起开始开发新的产品。2011年，克努德·埃里克收购了丹麦最古老的家具公司Rud. Rasmussen，由此可见他对丹麦木工艺传统的热情。这一决定后来被他描述为“莫名其妙的，出于感情而非理智”。事实证明，他的这份感性同商人的理智配合得恰到好处。卡尔·汉森父子公司如今拥有将近300个员工，产品也出口到世界各地。第四代接班人似乎也做好了子承父业的准备。尽管克努德·埃里克保证他的四个孩子都可以自由选择职业，但最小的两个孩子已经对公司表现出了兴趣。看看他们家的房子，原因就一目了然。■

---

官网：CARLHANSEN.COM

# 西雅图，美国

# S E A T T L E

U S A

47°36’28.1”N 122°20’04.3”W

# 黎明的渡轮

往返班布里奇岛

文字：*Sean Hotchkiss*　摄影：*Rich Stapleton*

巧合的是，每次我坐上西雅图到班布里奇岛的渡轮，都是借着与人共进早餐的名义。去年2月，我就是和皮特·阿森斯（Pete Athans）在他船舱似的家里一边吃着早餐，一边做采访。阿森斯是一位杰出的登山运动员，喜马拉雅的登山之行为他赚得了“珠峰先生”（Mr Everest）的美誉。我还记得当时鸡蛋煮得软软的，面包在他中世纪帐篷似的面包机里烤过，吃起来又香又脆。同样，10月份的时候，我又和这本杂志的创办者们在一家藤蔓覆荫的咖啡馆里分享着浅黄色的荷兰薄饼。两次我都是天还没亮就起床了。想要从普吉特海湾中的某个岛屿乘渡轮往返西雅图，就意味着必须要与黎明前的黑暗为伴。洗澡刷牙之后，我又多穿了几层衣服御寒。这里位于太平洋东北部，是典型的湿冷气候。每次我和同伴们在日出之前动身，匆忙开往阿拉斯加路，再火速通过轮渡站，慌乱地踩着点登上笨重的轮船。前脚刚上船，船立刻就呜呜地开动了。

第一次坐渡轮的时候，我和一位摄影师朋友挤在我们租来的车里，听着另类摇滚（Alternative Rock）。空灵的曲调让我们暂时从二月旋风的噪声里解脱出来。那个早上，我们实在没法对着冷风强颜欢笑，无论风景多好。十月份的那次却很不一样。我的皮夹克很暖，登上船头的甲板，我们仿佛身处希区柯克电影里的迷雾中，而西雅图静静在我们身后失去踪影。站在船首，仅有脚下的海水清晰可见。向港口和船右侧望去，可以隐约看见我们附近的岛屿，岛上参差不齐的黑色松林伸向灰暗的天空，岸上点缀着一些白色房屋。船继续前行，湿润的海风抚过脸庞，我们感觉到了一种独特的自由。

甲板之下有一间灯光昏暗的餐厅，我们从保温箱里拿出墨西哥早餐卷（它们出乎意料

▶▶▶

的可口），然后溜进一个小隔间，挤在一块儿轮流讲故事，看着雨水拍击窗玻璃。工人们拖着脚步经过，头戴安全帽，来这里喝咖啡。狗抽了抽鼻子。其他人悄悄地聊天或者打盹。整条渡轮都昏昏欲睡。30分钟之后，船停靠在鹰港码头，我们挨到最后才下船。一整船的车辆都等着即将显示的下船信号。戴着头盔的自行车骑手们兴致勃勃地聊着天，等待登上静候着的渡轮。今年一年，超过600万人乘坐这艘渡轮在城市和岛屿间往返。他们中的每个人都经历着潮湿、寒冷、炎热，经历着昼和夜，在去某处的路上。他们的收获便是这种经历本身——成为跨海旅行或工作的极少数。

班布里奇岛的中心仿佛一剂镇静剂。每一次旅行，我们的团队都会选择一条最合理的路线。先是往维斯洛（Winslow）的方向进发，中途停在黑鸟面包房（Blackbird Bakery）来一杯意式浓缩咖啡，然后再向南返回港口。我们坐在珀伽索斯咖啡馆（Pegasus Coffee House）临海靠窗的位置，点一份甜且浓郁的薄饼，几杯热气腾腾的茶，再来几个鸡蛋。皮特·阿森斯家也有鸡蛋，是他养在屋后的鸡圈里的鸡下的蛋。他们一家，包括他的妻子和孩子，每天早上的例行公事是：一个冥想仪式（珠峰先生是佛教徒），一杯精心调制的咖啡，以及沿着长满苔藓的林间小路徒步去一座小山。这使得这个地方愈发禅意十足。

皮特向我们发出了去海滩游玩的诱人邀请，但由于还要回西雅图处理其他工作，我们只好拒绝。游览班布里奇岛石壁陡峭的海岸的计划也无法成行，只能推迟了。离开班布里奇岛是早上10点左右，我们度过了一段轻松愉快的时光。去程和返程的时候，海上的水雾早已散去，显露出被太空针塔（Space Needle）隔断的城市轮廓线，不少人按下举在空中的苹果手机的相机快门。同行的旅客完全无视狂风的影响，有人敞开的外套被风吹得啪啪响，有人的棒球帽被风刮走，惹得他们自己咯咯笑。包括我们在内的其他人也在一旁看得很开心。在海上漂浮，充实而幸福。而这一天才刚刚开始。■

# 加速前进

采访创意精品店Totokaelo创始人吉尔·温格

# FAST COMPANY

AN INTERVIEW WITH JILL WENGER OF TOTOKAELO

文字：*Sean Hotchkiss*　摄影：*Justin Chung & Rich Stapleton*

不拘一格，古里古怪，神秘莫测。Totokaelo的创始人兼执行总裁吉尔·温格（Jill Wenger）常被朋友、同事和记者如此形容。而数月来联系她采访的经历让我确定了一件事：想要和她一起喝杯咖啡实在太难了。温格像空乘似的总是满世界飞来飞去，在零星的邮件往来之后，我们终于约好在她纽约刚开张三个月的新店里会面。那是十二月一个多云且潮湿的早晨，当我到那里的时候，刺着文身的职员们身穿昂贵毛衣，在带着“V”字标志的木质台阶上穿梭着，他们微笑问我：“你是来找吉尔的吧？”我点了点头。等待的空隙，我便在这家loft风格的商店里逛了逛，墙壁是白色的，有一些野兽主义风格的椅子和颜色鲜艳的装饰地毯。然后我被告知温格来过电话了，她也发了邮件给我，希望我去她在不远处的办公室见面。

我进入一座工业建筑，乘电梯到六楼然后拉开了一扇金属门。“嗨，在这里！”我还没完全走进去就听到温格大声叫着我的名字。“你没有看手机吗？”她用一只手理了理碎刘海，然后将座椅推回去，起身迎接我。“啊，背疼真要命！”她边笑边做了个鬼脸。她一身打扮慵懒舒适又十分别致：及地藏青外套，真丝花上衣，白色低帮运动鞋，正是她店内标志性风格的化身。她拥有充沛的精力：“我几周前滑冰时把脊柱弄骨折了。”说这话时的语气好像这是世界上再正常不过的事情，“你知道，我就是想显摆显摆，结果越滑越快，就撞上了。”说着便弯腰给我比画滑冰的动作。

我喜欢温格。她身上有一种温暖亲切的气场。她一阵风似的转进会议室，即兴回答了我最开始问她的几个问题。“作为一个消费者，我发现有些人不愿意去那种高档的精品店买东西，这就是一个新的商机。”谈及Totokaelo的创立理念，她说，“那时候我很关注滑板风和街头风的品牌，一个朋友让我认识了洛杉矶的Supreme和Union，然后我意识到，仅仅卖衣服是不够的，你要组建让人想要加入的团体，要有某种能代表他们的东西。”温格敲打着隔在我们中间的办公桌的桌沿。在我看来，她似乎一直都在动，一直充满好奇。她不大可能长时间只做一件事情，哪怕仅仅只是坐着。一个员工过来给她送水，水杯上写着：你每天的24小时不比碧昂斯的短。（You Have as Many Hours in a Day as Beyoncé.）关于她的两家商店，她说：“我想营造一个让自己想在里面多待会儿的空间，希望那些和我想法相似的人也会有同样感觉。”艺术界人士和媒体蜂拥而至，用购买来表达他们的支持，可见温格成功了。

Totokaelo的店内陈列可以被简单归纳为：设计精美，布置周到。在纽约分店，黑色和白色的衣服被放在两个单独的房间里，彩色的衣服都在楼上的一间房里。大部分衣服都挂在架子上，不会给出搭配建议。你可以说温格是在亲身试验某种简便的穿着方式：在宽松的连衣裙外面套一件大号的衬衫或外套，再把头发放出来，就这样随遇而安好了。

▶▶▶

“我想营造一个让自己想在里面多待会儿的空间，希望那些和我想法相似的人也会有同样感觉。”

◀◀◀

“在Totokaelo，‘trend’（时尚）一词只有四个字母。”温格挑了挑眉毛，说，“我们鼓励人们去发现属于他们自己的时尚。”她的时尚就是来自试验。抛开在得克萨斯州的休斯敦压抑的童年，她到处旅行，去澳大利亚的艺术学校上学，在爱尔兰工作，最后在西雅图安定下来，开了一家名为“Impulse”的店铺。在祖父母20 000美元的资助下，这家商店最终发展成了如今的Totokaelo。2015年，Totokaelo的年收益已高达1 900万美元。

“我在零售方面学得很快。”她说。她常把Totokaelo当成某种“斗志昂扬的开端”，也提到获得数百万美金成交额的电子商务网站，灵感来自于一个西雅图顾客的突发奇想。“我们58%的生意都是在网上进行的。”她说，“差不多也算是半个科技公司了。”正如任何一个充满想法的创业者一样，温格并不畏惧做高风险的决策。克罗斯比街（Crosby Street）上的这家店总共五层，面积为780平方米，建成仅用了70天，无论如何都是个仓促而就的工程。“Totokaelo并不是家追求完美开端的公司。”她说，“我们一开始会去做那种非常了不起的事情，然后逐渐修正和改进。”无论Totokaelo未来如何，温格都会紧密相随。或者反之亦然？2003年，温格选择在西雅图创立了她第一家宽敞如画廊的精品店，但对于一个时尚帝国来说，西雅图似乎并非是最好的选择。2015年，为了准备Soho的开幕式，她又将商店搬到了纽约。这一举动几乎立刻将Totokaelo从拥趸无数的二线城市的精品店，一跃提升为潜力无限的精明的时尚玩家。Totokaelo的名字来源于一句拉丁语，可粗略译为“天空的尽头”。就是这么简单。

“有时我会觉得自己在不顾一切奔向一个地方，”温格说，“然后回头发现公司像在对我说‘吉尔，你怎么搞的’。”她一边自嘲，一边笑着耸耸肩，摆摆手。“但这就是我工作的方式，某件事情让我激动不已的时候我就想去试试看。”2016年，温格将投入到Totokaelo内部产品线的开发工作中去。纯色女装线2015年举办了发布仪式，男装线也会在2016年秋天发布。谈起设计，她说：“我喜欢简单直接的轮廓，没有多余的修饰。”温格计划通过网络扩大品牌的影响力。也许最关键的是，她目前正致力于首轮融资，希望将公司的发展推进到另一个阶段。“我脑子里想的全都是Totokaelo。我想让它成长为一个价值上亿的公司。”她说。我找不到一个怀疑她达不到这个愿望的理由，事实上，单从她强烈的意愿就能想象，没有什么可以难倒她。她把胸前的大衣裹紧了些，然后将一只手放在疼痛的下背部，此刻，这是妨碍她加速前进的唯一软肋了。■

官网：TOTOKAELO.COM

# 另 一 个 世 界

## 在卡斯凯迪亚中心

---

# ANOTHER WORLD

## IN THE HEART OF CASCADIA

文字：*Richard Aslan*　插画：*Satsuki Shibuya*

从美国地图上看，西雅图位于左上角，一侧临海，另一侧是用笔直的红色虚线标示的国界线。然而从卡斯凯迪亚（Cascadia）断层的地图上看，被称为“雨城”，位于环海的新月形陆地上的西雅图，正好处在断层的中心。卡斯凯迪亚断层的边界覆盖着浓密的植被，共有的分水岭在美洲大陆西岸形成了一个圆凿的形状，其轮廓让人想起栖息的海鸟或巴布亚岛（island of Papua）。整个华盛顿州、爱达荷州、俄勒冈州、不列颠哥伦比亚省（隶属加拿大）和阿拉斯加狭地（Alaska Panhandle）的大片地区，以及北加州、怀俄明州、蒙大拿州、内华达州和加拿大育空地区的一部分，都被囊括其中。然而，将卡斯凯迪亚断层看成这种零零碎碎领土的集合就会完全不得要领。无论是国家和地区所划定的红色边界线，还是出于偶然或者侵犯，要花招或者苦涩的让步，当地图被折叠起来放进后兜时，一切都消失不见了。只要天气晴朗再加上一点儿耐心，从外太空能一目了然地看清楚卡斯凯迪亚断层的范围。

卡斯凯迪亚断层是北美大陆上最大的生态区之一。它同大盆地（The Great Basin）、加利福尼亚、大草原（The Prairies）、北方森林（The Boreal Forest）、迪克森、索诺拉州、劳伦古大陆（Laurentia）以及北极一样，是一个集气候、地质、植物和野生动物于一身的生态共同体。卡斯凯迪亚地区以褶皱的灰色喀斯喀特山脉为界，后者是由北美板块与太平洋板块挤压

▶▶▶

碰撞形成的。在天鹅绒般的山脉中部，流淌着墨色的大大小小的河流。铜河（Copper）、阿尔塞克河（Alsek）、斯蒂金河（Stikine）、斯基纳河（Skeena）、尼查科河（Nechako）、弗雷泽河（Fraser）、哥伦比亚河、奥肯那根湖（Okanagan）、克拉克福克河（Clark Fork）、蛇河（Snake）、威拉米特河（Willamette）、德舒特河（Deschute）、鲑鱼河（Salmon）、克拉马斯河（Klamath）、鳗鱼河（Eel），它们奔涌在岩基岩、沉积岩和变质岩构造的河床上，汩汩地流经一株株北美云杉、铁杉、红木，又湍急地淌过冷杉、香柏和松树林。它们浸湿了长满赤杨、苔藓和灌木的堤岸，然后注入阿拉斯加海流温暖的漩涡，环绕着海湾海口和大小岛屿。

它的边界并非完全取决于大自然，笔直的分界线也和殖民地历史息息相关。在卡斯凯迪亚地区，西雅图是拥有卫星城的规模最大的城市，它同渥太华和波特兰一起形成了一个三足鼎立的城市系统。其中，八成的人口都生活在卡斯凯迪亚走廊城市带这一小片区域。卫星城阿伯茨福德（Abbotford）、博伊西（Boise）、尤金（Eugene）、朱诺（Juneau）、基洛纳（Kelowna）、米苏拉（Missoula）、塞勒姆（Salem）、塔科马（Tacoma）、斯波坎（Spokane）、三城（Tri-Cities）和维多利亚（Victoria）众星拱月般围绕在这三个城市周围。经济交汇融通，人流往来不绝，交通网络合并，这里充满活力。如果分离主义者成功说服美国和加拿大而实现独立，那么加入卡斯凯迪亚国的人口总数可能会多达1 500万，这个数字可以和赞比亚与柬埔寨的人口比肩了。它150万平方千米的占地面积仅次于蒙古，从而将秘鲁的排名挤到第20位。同时，它的总财富的世界排名将会位于新加坡和澳大利亚之间，排在幸运的第6名。然而，如果你要问卡斯凯迪亚国内生产总值（GDP）和国家象征，那依然不是重点。

想象中，卡斯凯迪亚的旗帜应该分为三个部分：上面是蓝色，象征着太平洋和萨利希海（Salish Sea）；中间是白色，代表雪和云；底部为绿色，意为原野和无尽的常绿植物。旗子的中间跃立着花旗松（Douglas Fir，双脚分开，双膝并拢，胸部挺起）。这面旗子不在集会或者大使馆前升起，而是在民房、小屋、露营地和帐篷前飘扬。它不会被印在护照的钢印以及签证的全息背景图上，却会被印在啤酒瓶和T恤上，或者被缝在背包上。在运动场上，它被露天看台上刺着文身的北美野人（也许他们很推崇文身）从肩膀上传递过去，出现在幼儿园小朋友们的手指画上，或者被制成生日蛋糕上的糖霜。还有其他的版本：春夏秋冬版、彩虹版、旭日版。还有的三色旗上印着红拳头、锯子和镰刀，或者点缀着金色的星星，甚至索性盖上大足怪的脚丫。卡斯凯迪亚的旗帜可以变换出无穷无尽的样子，只要你想得出来。这种多样性不仅不会使卡斯凯迪亚在怀疑的浪潮中节节败退，反而会让它立即成为世界的焦点。或许最终我们想要的，无非是一个梦想的国度。

和其他那些雄心勃勃的国家不同，卡斯凯迪亚的未来有例可循。欧内斯特·卡伦巴赫（Ernest Callenbach）在他1975年的小说《生态乌托邦》里想象出一个和卡斯凯迪亚所在地相同的国家，尽管故事的焦点在偏南一点儿的地方，却完全和卡斯凯迪亚遵循着相同的价值观。他为我们详尽描绘出了这个24年前从美国分离出去的国家的样子。从某种角度来说，他的设想是很有预见性的。在新千年，取缔私家车，采用可再生能源，产品制造严格控制在生态标准之内，这种追求人与自然和谐共存的行动便是对卡伦巴赫的生态乌托邦的试验。当地居民和整个国家也逐步朝着经济稳健的目标迈进。除了生态乌托邦项目巨大的规模，以及他们关于私人生活的幻想，生态乌托邦主义者本身其实并不稀奇。故事的讲述者威廉·韦斯顿是一个阴差阳错被派去生态乌托邦的记者，冷漠而缺乏幽默感。后来，他再度回归那种自我欺骗，把抽烟当早餐，以及彻彻底底的消费主义的状态。在约尔·加罗（Joel Garreua）1981年的小说《北美九国》中，生态乌托邦人再度现身。作者试图将北美社会理解为地域文化的产物，而并非出于历史偶然。

卡斯凯迪亚人同生态乌托邦人一样，都怀抱着追求另一个世界的热切梦想，不同的是，生态乌托邦人可以以政府的名义发号施令，而卡斯凯迪亚人不得不从头开始创造自己的未来。2016年卡斯凯迪亚计划还只是一个草根运动，一份议会倡议，一项社区庆典，一个读书小组，一家免费店铺，一个工作组，一个合作团体。人们关注卡斯凯迪亚，不仅因为丰富的动植物资源和美丽的河流景观，也同样因为这里的直接行动、公民抗议、自力更生、行为主义以及吉他乐等是如此的多姿多彩。从俄勒冈区，太平洋共和国，到杰斐逊州，卡斯凯迪亚之梦自诞生之初便被打下了反抗现行制度的烙印。因此，也许能让卡斯凯迪亚人感到安慰的是，即便生态乌托邦人掌管国家机器的权力令人羡慕，他们最终的目标仍然是全然打破国家制度本身。套用创作了《自由国度卡斯凯迪亚》这首歌的小熊和山谷里的居民乐队（Little Bear and the Fostervillagers）说的一段话：“这不是首赞歌。我所知道的卡斯凯迪亚运动和国家无关。这首歌是关于唤醒我们对于生态区的意识，将现今无能的社会机构转变为有机整体的结构，并与我们赖以生存和发展的土地规模相平衡。没有不法之徒，也没有废物一说。不要再忘了我们是殖民主义的受益者，我们生活在偷来的土地上。我们想证明另一个世界是可行的。”

即便受到波特兰、渥太华和维多利亚强大的挑战，作为卡斯凯迪亚最大的城市，西雅图仍然会是当之无愧的首都。正如自然是卡斯凯迪亚的标志，西雅图这个“翠绿之城、花园之城”完全淹没在绿海之中。无论摩天大楼有多高，数百千米以外的雷尼尔山腰的积雪都对它们不屑一顾。无论这里的公园和街道多么设施完备，森林会耐心等待它们的消亡。无论城市的规划是多么深思熟虑，这里的风霜雨雪（尤其是雨、雨、雨）都会提醒我们谁才是它的主人。无论蓝白绿三色旗帜在哪里飘扬，旗上的花旗松都在直接挑战着我们共同的未来的中心地带，人类的轮廓被它们一分为二。■

## 自由国度卡斯凯迪亚

——小熊和山谷里的居民乐队

蓝白绿三色旗飘扬，
每个人都知道它的内涵。
我们博爱相待，
不再有恐惧和贪婪。
牵我的手和我一同歌唱：
啊，自由国度卡斯凯迪亚！
我们携手同心让暴政倾覆。

*** 笛子独奏 ***

蓝白绿三色旗飘舞，
每个人都能感受到它的意义。
让它更自由更高远地飞翔，
遍及山峦和海洋。

愿雨水降临我们身上，
涤荡所有的疑虑。
让我们勠力同心令暴政灭亡，
暴政必亡！暴政必亡！
（取而代之的是你我挚爱的自由。）
卡斯凯迪亚终成自由国度，
这一日必不遥远！

# 寻 找 菲 尔 森

## 西 北 地 区 的 影 响

# FINDING FILSON

## THE PNW INFLUENCE

文字：*Sean Hotchkiss*　摄影：*Justin Chung & Rishad Daroowala*

SoDo是“South of The Dome”（国王球场的南边）的缩写，它紧挨着世纪互联体育场（CenturyLink Field），是一片工业区。西雅图海鹰队（The Seahawks）2013年曾在这里斩获超级碗冠军。远处，一幢高楼的顶端装饰着星巴克女士——西雅图的圣女的头像，此地便是这家连锁咖啡店巨鳄的全球总部。在它北边不远的一条安静的街道上，菲尔森（Filson）全球总部也即将竣工，脚手架后面的工人以及走廊里的监工都忙得热火朝天。这家制造帆布服装和耐用旅行袋的业内翘楚，从1897年开始便致力于生产品质可靠的服装，现在希望通过一座全新的总部大楼给品牌形象注入活力。

过去，菲尔森和L.L. Bean、Barbour以及其他的针对特定受众的品牌一样，仅为发烧友们所熟知。随着主流男装领域传统服装的流行，以及21世纪初重振经济的工艺运动，菲尔森开始进入大众视野。也正是在同一时期，菲尔森的帆布包通过像J.Crew这样的零售商畅销全美。虽然菲尔森引领过一时的潮流，但其后大量的反传统品牌的相继出现使它不再流行。毕竟，这个品牌是为探险者、运动员和克朗代克的淘金者量身打造的，而不是为了保护曼哈顿上班族的笔记本电脑而生的。

▶▶▶

◀◀◀

继任的由亚历克斯·卡尔顿（Alex Carleton）担任创意总监的团队，致力于恢复被卡尔顿称之为“真实性元素”的品牌特质。从将公司总部迁到一个仓库和车库密集的地区，到采用垂直整合的制造流程，他们的每一项决策都志在重振公司创建之初标志性的刚硬的工装风格。顾客、品牌大使或公司员工只要输入相应的信息，许多流行的菲尔森帆布包和饰品都可以现场制造出来。

这是一个星期五的早晨。虽然楼下的施工还在忙碌且有条不紊地进行着，楼上的办公室却很安静。雇员们穿着牛仔细纹的工作服在格子间里来往穿梭，轻声讨论着周末的安排。透过胶纸还没完全撕开的窗户，可以看见一楼工厂的地面。卡尔顿在楼顶和我们见面，他咧着嘴开心地笑着，穿着非正式的公司制服：卷边破线牛仔裤和工作衬衫。他解释说，感觉自己好像回到了1998年在纽约拉尔夫·劳伦工作时的最初状态。“那时候我就一直盯着创意文案，是关于骑摩托穿过乡村的主题，感觉自己都快疯了。”他说，“我心想，老兄，你不能再待在这儿了，你要干点别的。”卡尔顿，一个新英格兰人，又把家搬了回去，在缅因州的波特兰定居下来并创建了品牌Rogues Gallery。从2003年到2010年，他在这个主打航海风的品牌下工作了七年。随后帮L.L. Bean建立了取材于历史的产品线Signature。

时至今日，卡尔顿仍保留着他在缅因州的房子。和缅因州一样，华盛顿州也带有某种美洲大陆的狂野气息。这也使之成为新一代的菲尔森品牌最理想的诞生地。“住在这样一个充满活力的地方实在是太棒了。”亚历克斯说，“这里非常粗犷，让你不由自主地想动起来。这里的地表景观也非常丰富，包括无数荒凉的海滩、神秘的奥林匹克半岛（Olympic Peninsula）以及亚基马和沃拉沃拉（Yakima and Walla Walla）的旱地，那里是全世界最大的啤酒花产地。我们有专门的人将产品带到这些地方做测试，所以你真的能从我们的产品中发现和这片土地的密切关联。”

菲尔森刻意回避了传统的品牌塑造模式，相反，他们更青睐类似于纪录片风格的影像表现。他们拍下穿着菲尔森服装的阿拉斯加丛林飞行员（菲尔森第一家店铺的目标客户是在西雅图中转的去育空淘金的阿拉斯加探险者）、白令海峡的渔夫以及去干活的瓦申岛农民，因为他们的产品最初就是为这些人设计的。这个创意并不新奇，但却是菲尔森冒险精神的绝佳体现。“按照惯常的行业模式，我们怎么做都做不好。”卡尔顿笑道，“虽然现在我们完全偏离了主流，但那也让我们变得与众不同……因为我们的确有很多深沉的故事。在这里，我们经常谈起杰克·伦敦，而菲尔森很大程度上就是一个终极的杰克·伦敦品牌。但我们会问自己这种风格在当下看起来怎么样，我们现在做的和那个对公司无比重要的阿拉斯加的故事有多大联系。”

这种关联无疑在于产品。菲尔森的经典服饰，例如羊毛材质的多口袋巡航夹克（Cruiser Jacket），百年来几乎没有变化。卡尔顿和他的团队的任务不仅是推广这些经典产品，也在于开发能受到同样推崇的新产品。“人们通过夹克和包袋知道了我们，”卡尔顿一边说着，一边带我们下楼去工厂参观，“如何以一种可靠的方式去拓宽那个内核？当我们想发掘更多的品牌价值时，这是我们想弄清楚的问题。”他们一定做得到。在菲尔森的新总部，最有趣的设计也许就是旗舰店里的一面玻璃幕墙，透过它，顾客可以看到卡尔顿和他的团队在里面工作的情景。“那无疑是我们的一个重要标志。”卡尔顿笑着说，“所有这一切都写进了我们的故事里。”■

---

官网：FILSON.COM

# *II*

## 时尚

# 精 选

鞋 履

摄影：*Mark Sanders*　艺术设计：*Alison Elwin*
出品：*Darling Creative*

*Marius*德比鞋 A. P. C.
套头衫 COS
裤子 SUNSPEL

都市豆豆鞋 TOD'S
外套 & 短裤 MARGARET HOWELL
上衣 COS

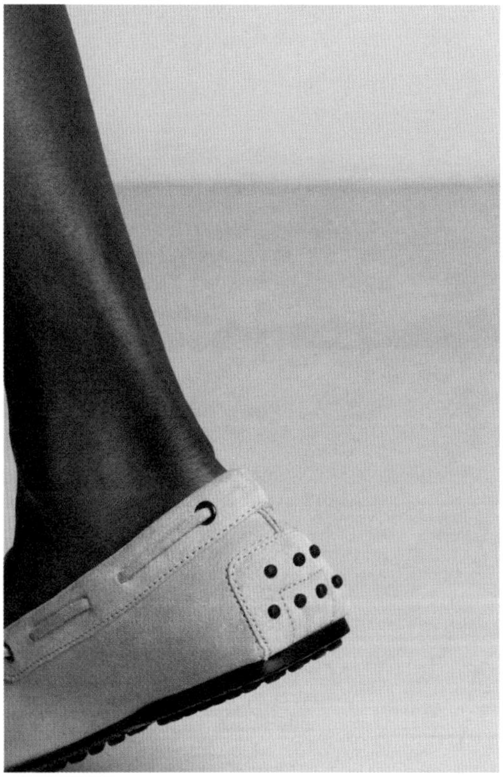

孟买凉鞋 HERMÈS
上衣 & 外套 HERMÈS
长裤 MARGARET HOWELL

*Flix*凉鞋 ROBERT CLERGERIE
连衣裙 ATEA OCEANIE

*Camille*芭蕾鞋 REPETTO
裤子 J.W.ANDERSON

希腊凉鞋 ANCIENT GREEK
连衣裙 & 腰带 HERMÈS

布洛克鞋 MARGARET HOWELL
裙裤 FOLK

# 成年

OUR LEGACY 十年

———

# COMING OF AGE

10 YEARS OF OUR LEGACY

文字：*Alice Cavanagh*　摄影：*Rich Stapleton*

OUR LEGACY

对一个时装品牌而言，十年是一段相当长的时间。在那些旷日持久的白昼和无法入眠的夜晚，诞生了不计其数的应季新品、系列和创意，这样一整段时间是个让人暂停和反思的好机会：哪些想法经受住了时间的检验？在这期间时尚自身有什么变化？瑞典男装品牌Our Legacy 2015年刚度过它的十周年纪念，借此机会，正好庆贺和清点品牌发展历程中对其有重要影响的因素。

2015秋冬系列被命名为“TEN”（十），主题为十周年纪念。在品牌的美学特色和参照过去十年最畅销单品的基础上，推出了混搭风产品。虽然从20世纪70年代到20世纪90年代的风格都有采纳，贯穿其中最重要的是品牌长久以来推崇的亚文化元素，以及给人以归属感的套装风格。约克姆·哈林（Jockum Hallin）是这个品牌背后的三位元老级人物之一，90年代的亚文化无疑对他的设计产生了重要的影响。自品牌诞生后，公司的创始人们便一直在这十年的时代风气中挖掘创意灵感。

近来，90年代复古风潮再度兴起。当代设计师中很多人都出生在20世纪70年代末或80年代初，他们对少年时代的追忆推动了这股潮流。90年代的年轻人带有一种步入成年的笨拙感和成长的痛苦，除此以外，他们与当下的年轻人相似。无论是街头服饰、经典极简主义的复兴，还是低端街头时尚的复归，都能体现出这种跨越时代的共鸣。

在Our Legacy发展初期，哈林和合伙人克里斯托弗·奈英（Christopher Nying）把他们俩的出生年份（80/81）印在品牌标签上。其实，正是他们在瑞典小城延雪平的独特的成长经历塑造了他们的创意和风格。“那正是我们发现自我的时候。”谈及这段时期的重要性，哈林说，“当你还年轻的时候，会什么都想试试，想要同时拥有多重身份，但也会寻求某种归属感。”同很多那个年纪的男孩儿一样，哈林喜欢滑板和滑雪，业余时间也都是在激昂的朋克和硬核摇滚乐中度过。毕竟，这一时期的1991年，涅槃乐队（Nirvana）发行了专辑《Nevermind》，硬核摇滚在西海岸爆炸式地发展起来。当然，那还在前互联网时代，所以哈林的娱乐方式也只有阅读杂志《Thrasher》《The New Musical Express》，看音乐电视MTV。他甚至组建了一支自己的乐队，并亲自担任吉他手和伴唱。多年间，他们在瑞典四处巡演，也为许多他们年少时崇拜的乐队提供了帮助和支持。

2005年以前，哈林还时不时参加巡演。随后，受到乐队周边商品的启发，他和奈英在佛罗伦萨创立了一个生产绘图T恤的品牌。地道的街头风设计和高品质服装的结合逐渐成为Our Legacy的独有特色。尽管表面上看都是一些经典款式，但亚文化的影响却深入骨髓。“当我们借鉴那个时代的元素时，希望尽可能低调一些。我们不用说破，大家就能心领神会。”哈林说，“人们并不想穿上和过去一模一样的衣服，但肯定要带点那个时代的文化印记。”

▶▶▶

2007年，Our Legacy创建了他们的首个全系列产品，第三位合伙人里卡多·克拉伦（Ricardo Klarén）也加入其中，开发男装线的时机成熟了。“那时候，男人考虑穿什么和怎么穿这种事情已经屡见不鲜——社会更宽容了。”哈林回忆说。从第一天开始，他们的终极目标就是给后代留下点什么。“我们从上一代那里继承了很多经典款式，比如卡其裤、系扣衬衣，然后进行改良，让它们更适合我们的时代。我们希望能够延续和传承这个概念，让它经久不衰。”他说，“我们将它命名为Our Legacy（我们的遗产）是因为我们梦想着做出一些值得孩子们去继承的东西，留下一些有实质意义的东西。”

如今他们三人都已为人父，而哈林的遗产不仅局限于他们创办的公司、三家商店，甚至他们的设计。因为最能代表他个性的其实是他人生旅途中的许多收获。这首先包括他收藏的一系列的鞋子和摄影书，然而，最重要的，也许还是最初鼓舞他有所作为的那些音乐。

对他影响最大的五张专辑：

1. Social Distortion – White Trash, White Light, White Heat
2. Rocket from the Crypt – Scream Dracula Scream!
3. Uniform Choice – Screaming for Change
4. Youth of Today – Break Down the Walls
5. Refused – The Shape of Punk to Come

---

官网：OURLEGACY.SE

“我们将它命名为Our Legacy（我们的遗产）是因为我们梦想着做出一些值得孩子们去继承的东西，
留下一些有实质意义的东西。”

# 维也纳，奥地利

# VIENNA

AUSTRIA

48°12’26.4”N 16°22’50.7”E

# 华尔兹

## 辉煌罗曼史

# THE WALTZ

## A SENSE OF GRANDEUR AND ROMANCE

文字：*Lily Le Brun*　摄影：*Finn Beales*

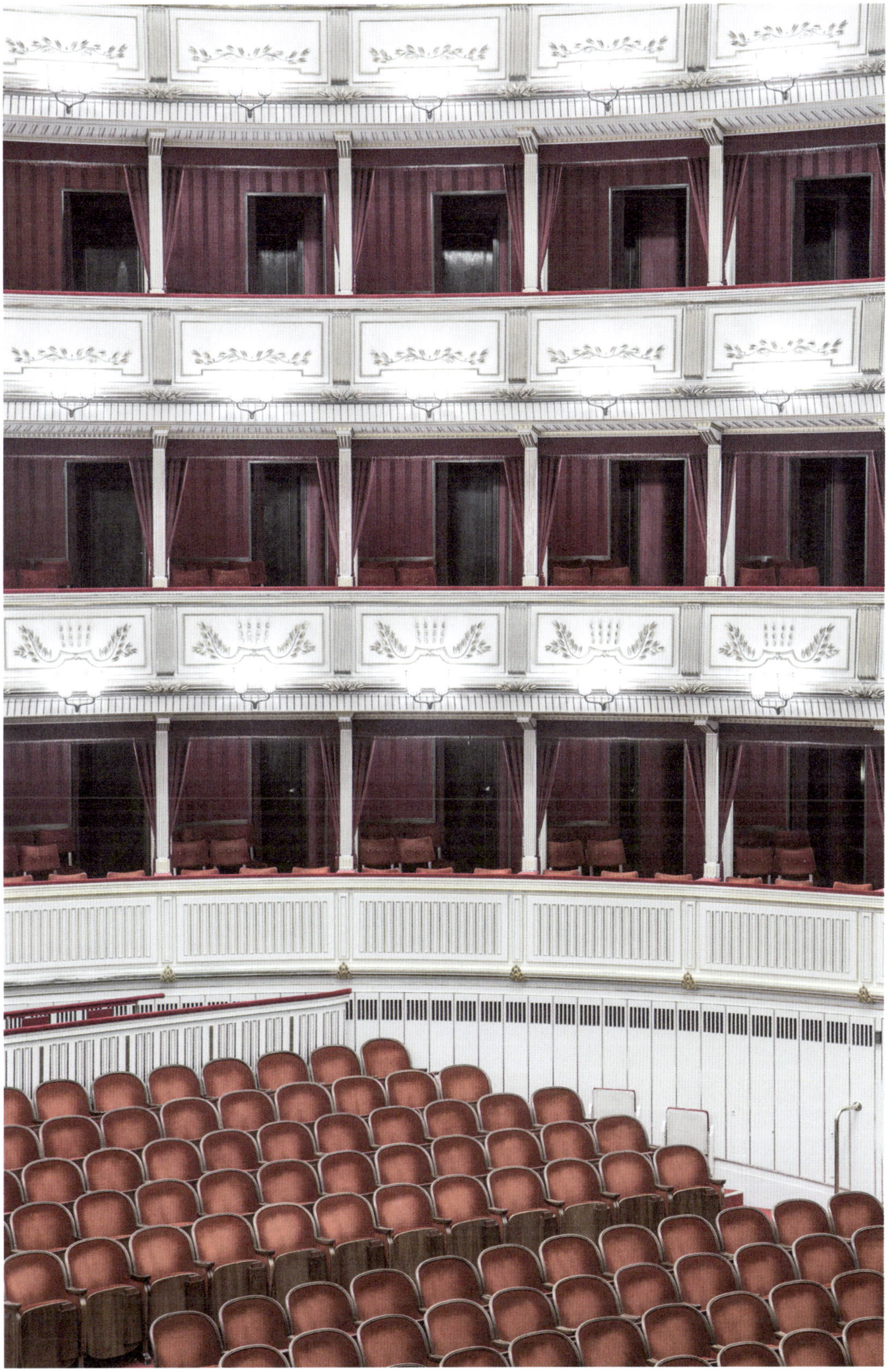

1774年歌德在创作《少年维特之烦恼》时，提到过一种曾使整个欧洲为之倾倒的舞蹈，而这本书也是关于这种舞蹈最早的文学描写之一。“我从未跳得如此轻盈。”在一场乡村舞会过后，主人公维特在日记中意乱神迷地写道，“拥着这个最可爱的人儿在怀里，风一般舞得飞快，以至于其他一切都看不清了，我仿佛已不在这人世间……”在德国南部、奥地利和波西米亚的舞场里，舞伴们紧紧相拥，伴随着旋律每三拍一次轻快地迈大步，旋转着，滑动着。舞者们在第一拍顿足转身，后两拍则踩得很轻，他们的速度取决于乐师的节奏。这是一种可以举杯畅饮的激情澎湃的民间舞蹈，跳舞的人穿着沾满泥土的平头钉靴子，在乡村小酒馆或市政厅就能跳起来。它几乎没有什么规则，却可以变换出各种花样。人们粗略地称之为兰德勒舞（Ländler）、德意志舞（Deutscher）、旋转舞（Spinner），以及来源于拉丁文volvere（意为转动或旋转）的华尔兹（Walzer）。

那时候贵族舞厅里最常见的是庄严的小步舞，舞伴们站成几排文雅而轻快地转身，互相保持着安全距离。华尔兹的出现带来了令人激动万分的变化。名流们去乡下过周末时，开始混进他们的仆人的喧闹的舞会里，于是华尔兹从市政厅逐渐渗透到了整个欧洲大陆。为了配合贵族的镶木地板和绸缎舞鞋，此前跺脚旋转的动作被改良为优雅的滑步旋转。“华尔兹，只有华尔兹在如今的舞会上独领风骚，再也没人跳别的舞了。”一本德国时尚杂志在1792年写道，“只要会跳华尔兹就十全十美了。”

尽管如此，华尔兹被全社会接纳也并非一帆风顺。它令人眩晕的舞速带来了健康方面的顾虑，人们也担心它会影响道德风气。有些人制作了题为“华尔兹让这一代人身心受损的铁证”的小册子，一些国家索性禁止了这种舞蹈。在英国，拜伦创作了一首长诗讽刺华尔兹的放荡淫乱：“……双手随意摆放，前所未有地暴露于大庭广众之中……”同时，《泰晤士报》在报道1816年摄政王的盛大舞会时，将他的首次现身称之为“淫秽的一幕”，并且觉得他们“有责任警告每一位家长，切勿让自己的女儿接触这种贻害无穷的舞蹈”。

然而维也纳的情况却全然不同。莫扎特、海顿和贝多芬都曾在这里生活和工作，共同成就了这个奥地利首都“音乐之都”的美名。奥地利的许多皇室成员都具有良好的文化素养，于是通晓音律也开始成为贵族身份的象征。在这个富裕、雄心勃勃且不断扩张的资产阶级社会，音乐也随之繁荣发展。许多大型舞场也纷纷建成，如1808年开放的阿波罗萨尔舞场，可容纳6 000名舞者共舞。在它们的推动下，华尔兹开始成为维也纳社交生活中不可或缺的一部分。

▶▶▶

而它正式获得上流社会的认可是因为维也纳会议。1815年拿破仑败退后，欧洲的首脑聚集在维也纳共同商讨欧洲大陆的未来。谈判越拖越久，但配套的庆祝舞会却名声大噪。对此，一位同时代人曾讽刺："这不是开国际会议，是开舞会！"

此后的几十年，随着奥地利皇室的统治日渐专制，维也纳人反而更依恋音乐，视其为一种特殊的表达方式。华尔兹开始走进音乐大厅，此时的音乐不再是舞蹈的附属品，而仅仅为了聆听的愉悦而演奏。舒伯特开始实验华尔兹钢琴独奏，而约瑟夫·兰纳和老约翰·施特劳斯成了创作华尔兹舞曲的翘楚，他们在舞曲首尾加入引子和尾声，用以烘托中间的主旋律，这让一位名叫肖邦的年轻人大感失望："兰纳、施特劳斯和他们的华尔兹让一切都变得稀里糊涂的。"他在19世纪30年代写道。与此同时，瓦格纳也将施特劳斯形容为"维也纳通俗精神的魔鬼"。

由于政局的动荡，一位神经紧张的新国王下令禁止了公开聚会，这一禁令从19世纪中期一直持续到晚期。然而社会氛围一开始松动，维也纳人的秉性又恢复了。施特劳斯的儿子接替了父亲的位置，他坚持不懈地创作了大量新的华尔兹舞曲，并将它们的影响力带到了国外。他开创了将每小节第二拍稍稍提前从而留出一段喘息的空间（Atempause）的做法，著名的维也纳演奏风格便和这种处理方式密切相关。这种创新也使得华尔兹舞曲成为小歌剧的中心曲目。这一时期诞生了小施特劳斯的《蓝色多瑙河》，创作于1866年，可能是有史以来最著名的一首华尔兹。

小施特劳斯在新世纪的前夜辞世，彼时华尔兹音乐已经成为许多著名作曲家必不可少的一种创作形式。马勒和斯特拉文斯基甚至引用过去的著名旋律进行戏仿，可见华尔兹的流行程度。到1918年，拉威尔开始用华尔兹来抒发乡愁。他在自己的《圆舞曲》创作笔记中写道："大约在1855年的宫廷，舞池里的华尔兹舞者像一团团飞速旋转的云朵，无法辨认出谁是谁……"二战的爆发以及随之而来的奥匈帝国的解体开启了某种世纪末的精神状态，预示着重大的转变即将到来。而文化上的改变并不仅仅体现在音乐的大胆创新上，例如马勒、理查德·施特劳斯和勋伯格开辟了新的创作形式，也同样表现在科学、建筑、文学以及视觉艺术领域。在这个勇敢的新世界里，华尔兹永远同19世纪维也纳的辉煌与浪漫交织在一起。如今，华尔兹的继续普及意味着任何关于华尔兹之死的流言都不过是夸大其词，它的生命远不会就此停止。1898年，维也纳分离派（the Vienna Secession），一个以克里姆特为首的激进青年艺术家团体，建立了新艺术（Art Nouveau）风格的展览厅。他们在大厅入口处刻下的文字说明了一切："献给每一个时代它的艺术，献给每一种艺术它的自由。"■

---

照片摄于维也纳国家歌剧院

官网：WIENER-STAATSOPER.AT

WIENER STAATSOPER
FIDELIO

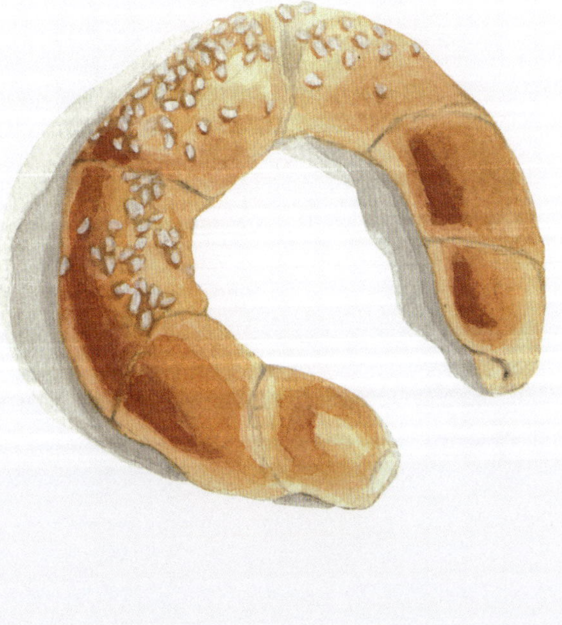

# 面点交响曲

## 维也纳面点艺术

---

# SYMPHONY IN PASTRY

## THE ART OF VIENNESE PATISSERIE

文字：*Charlie Lee-Potter*　插画：*Lucy Wilson*

维也纳面点和华尔兹一样富有创新精神且博采众长，既包含了高超的技艺，又有甜酥可口的味道，让人欲罢不能。想象时光倒流回1828年，你正站在维也纳斯佩尔舞场的楼厅里，俯视着楼下一对对翩翩旋舞的人们。乐队演奏的是老约翰·施特劳斯新作的《吊桥圆舞曲》（*Kettenbrücke-Walzer*）。舞者们飞速转动，女人们蓬松的裙摆鼓成一个个圆球。现在，稍觑双眼，想象着不停旋转的舞侣是生面团和蛋奶沙司做的，然后你会被传送到一间维也纳咖啡馆的玻璃橱窗前，食品架上摆满了圆滚滚胖乎乎的面点。之所以邀请你参加这个头脑实验（毕竟维也纳是西格蒙德·弗洛伊德的故乡之一），正是为了强调维也纳面点的关键特质：大量摆在一起时的壮观景象。就像乐高积木，孤零零的一块放在那里便什么都不是。

如同维也纳华尔兹是所有其他种类华尔兹的源头，维也纳面点也在如今法式及丹麦糕点的发展过程中扮演了至关重要的角色。19世纪中期，一场面包师罢工运动将维也纳和丹麦面点联系在了一起。为了度过用工危机，丹麦人从奥地利引进了一批厨师。然而罢工结束以后，丹麦人却再也离不开这种新式的松软的涂满黄油的面点了。解决办法很简单：掺入严格比例的黄油的奥地利发酵面团，被悄悄混进了丹麦面点之中，如同三明治里的果酱。后来复工的那些厨师们便把这种新产品简称为“丹麦面点”。于是，一个新的传统便诞生了。对于这种借鉴，法国人表现得更大方：他们将法国的羊角面包、奶油面包卷、巧克力面包以及牛奶面包卷等统称为“维也纳甜面包”。

维也纳面点的制作费时费力：面团被揉成一条湿浴巾的样子，上面洒满黄油片；然后将它卷起来，暂停一下，再翻过去，像这样接连卷上八次，面包师将指印压在面团上计算卷过的次数；当它被放进烤箱里时，分解上升的气体会把面团烘烤成典型的薄层状，高温下的黄油则会将每一层都分开，于是当面点烤好取出的时候，便不再是沉沉的一整块，而成了疏松多孔的甜点，既酥脆又香软。

▶▶▶

HOTEL
SACHER
WIEN

◀◀◀

如果维也纳面点果真如传说中的那么美妙，那么我第二个弗洛伊德式的实验应该会很有意思。弗洛伊德特别相信自由联想的力量，放任思绪纵情驰骋，无意识地去寻找各种可能的联系。请想象一块维也纳面点，看看你会发现什么（停下来想想）…… 从我的想象来看，我被带到了黑森林，经过一座煤矿和一家墙纸店，又到了英格兰北部的威根。你一定在惊讶一份美味的面点竟能引出无限美好的回忆。现在，作为参照，想象一块软塌塌的超市三明治…… 结果？反正我脑海中是一片空白。假如这个粗略的实验还不够有吸引力，试试这个：咬一口顶级多层维也纳面点，嘴边落下的一片片碎屑会粘在你的衣服上。走运的话，随后的几个小时里，你还会发现藏在腰带里的一小块油酥。不用急着谢我。

严格说来，维也纳面点不过是层层面团做成的一种食物而已。但如果走访任何一家维也纳咖啡馆，你都会发现这种简单的面点已经幻化出各式各样的甜点，如比斯吉小面包（biscuits）、花托蛋糕（Gugelhupfe）、面包盒子（Topfenkolatschen）和苹果馅饼（Strudal）。蜚声世界的维也纳苹果馅饼的名称在德语里的意思是“漩涡”或“涡流”。维也纳面点蕴含着某种活跃的能量，无论是上部的一个旋转的形状，还是内部层出不穷的洞穴，抑或是包裹着巧克力的萨赫蛋糕（Sachertorte）反射的光泽，都是这种动感的展现。奥地利糕点绝不阴沉沉地坐在那里，等待你去光顾；它们扭动着，摇摆着，一闪而过，它们会主动吸引你的目光。

我曾在加尔盖伦（Gargellen）跟一位奥地利厨师学做美味的皇帝煎饼（Kaiserschmarrn）。他的英语不佳，我的德文更是破绽百出。然而他的欢乐情绪和桌上丰富的食材却给厨房注入了一种狂放不羁的生活乐趣。他做着手势比画来比画去，我指这指那，然后我们一起把做好的东西吃掉。皇帝煎饼的优点在于，它并不是平淡无奇的单块煎饼，而是会在盘子里被切成小块。如此制成的撒满糖的美丽小方块可以供六个人同时食用。这一点，从根本上说，才是维也纳面点的辉煌之所在——它是一场乐队演奏而非独奏。在老约翰 · 施特劳斯的葬礼上，作曲家埃克托 · 柏辽兹（Hector Berlioz）曾宣称，奥地利失去了施特劳斯就像没有了多瑙河一样。他应该再加上那就好像没有了面点的维也纳一样。■

# 搜 寻 S c h m ä h

维也纳式幽默

---

# IN SEARCH OF SCHMÄH

ONE WOMAN’S SEARCH FOR VIENNESE HUMOUR

文字：*Lily Le Brun*　摄影：*Finn Beales*

EINBAHN

还没去过维也纳的时候，我就听说当地居民以拥有某种名为“Schmäh”的幽默感著称。一个会讲德语的人告诉我这个词语正确的读音类似于“shmay”。我试图去寻找更多相关信息，却所获甚少。从“某种机智敏捷的反驳”到“一种忧郁的人生观”，网络搜索的结果很多都是宽泛而互相矛盾的定义。一位在维也纳待过一年的朋友对此闻所未闻。另一个有奥地利亲戚的熟人也所知不详。我联系上一帮在国外生活的奥地利人，他们倒是很了解这个词的内涵，却无法详尽解释，建议我找个维也纳人问问看。

我到维也纳寻找Schmäh的故事，一开始并不顺利。下飞机后坐在出租车里，我问司机他能不能解释一下Schmäh的意思。“Schnee？”他说，“那是雪的意思”。我又重复了一遍问题，他露出一副疑惑不解的神情，于是我索性在纸上写给他看。“哦，shmay！”他大获成功似的说道，“就是笑话的意思。”说得再具体点儿呢?“搞笑的东西。”那天我也问过其他很多人，他们的反应都如出一辙。其中一位女士听到问题后就只是摇着头咯咯笑，好像我做的都是毫无意义的事情。幸运之神终于降临了，他就是雅各布·莫斯（Jacob Moss），一位在维也纳定居将近三年的奥地利人。作为一名英文旅行指南的编辑，他常苦心思索某些维也纳的风俗特色。我们见面时，我注意到他说Schmäh这个词时的发音带有某种慵懒且若无其事的感觉，仿佛最好还要再配合着耸肩才能表达他的轻蔑。他告诉我，Schmäh并非仅见于维也纳，而是流行于整个奥地利。它带有一种地域性的幽默色彩，通常和当地方言有关。这种交流方式最早来源于仆人们取笑他们的资产阶级主人。因此，在咖啡馆、酒吧以及排队买烤肠的时候，常常可以听到顾客和员工轻松友好地说着这种俏皮话。倘若讲Schmäh的初衷是为了在权威面前做点小动作，那么它有时和说谎相关就不难理解了。同样，这也解释了为什么在一家传统拜兹餐厅（Beisl）的瓷砖地板上，会融入隐约而巨大的阴道形状的纹饰。

维也纳Schmäh似乎带有强烈的讽刺挖苦意味，然而目的却是友好而非刻薄的。不是每个人都能掌握最佳尺度，通常要不就是说得不够明显，要不就是嘲讽太过了。你可以将某个人形容为说Schmäh能手，如果某人的Schmäh说得巧妙，大家也会为他欢呼。有的Schmäh太

◀◀◀

无趣以至于人们毫无察觉，有的又会被误解为冷酷无情。法国皇后玛丽·安托瓦内特（Marie Antoinette）出生在奥地利，据说，当她听闻她的国民没有面包吃的时候，她却回答："让他们去吃蛋糕吧。"事实上，这是个非常不合时宜的Schmäh，它已经超过了被当作笑话来看的界限。维也纳Schmäh是一种心境。它和某种舒适满足的状态相关，也表现了一种自由自在，倾向于保守的生活态度。在维也纳，人们经常会说"Nicht Ernst"（没什么大不了的，别担心）。这种心态同Schmäh的黑色幽默一样，成为人们交流坏消息或是处理生活阴暗面的一种方式。"给丑陋的世界铺上一层喜剧的外衣。"雅各布认为维也纳人对死亡有一种迷恋，对此，维也纳剧作家托马斯·伯恩哈德（Thomas Bernhard）的一句名言是绝佳的总结："想到死亡，一切都是荒谬的。"

渐渐地，我开始注意到Schmäh就在我身边。我听一个侍者淡淡地对另一个说，与其要他让路，不如去让柱子让路，还有一对头发花白的夫妻祝贺他说了"一个不错的Schmäh"。我也在餐馆招牌上看到了它：我爱你的内在美，屠夫对牛说。甚至在维也纳最著名的艺术家埃贡·席勒（Egon Schiele）的作品里，我也发现了这种态度的蛛丝马迹。他的画作经常被误认为是某种悲剧生活的忧伤反映。我却发现他的朋友对此有完全不同的解释："他性格的最大特点就是严肃！他所在乎的并非是那种荒凉忧郁的严肃，而是一个为精神使命感所驱使的人所怀有的那种安静的严肃。"

在维也纳，反讽无处不在。它宏伟辉煌的建筑不仅昭示着帝国时代的强大，也永远提醒着人们失去的一切。不仅如此，尽管拥有肃然的外表，也以高效率著称，但这个城市的氛围却尤其轻松。在这里，我意识到事情永远都有更坏的可能，此时此刻或许并没那么糟糕。对此，Schmäh也有一份功劳。■

# 卡 尔 · 奥 博 克 工 作 坊

## 四 代 手 艺 人

# CARL AUBÖCK

## FOURTH GENERATION CRAFTSMAN

文字：*Lily Le Brun*　摄影：*Jonathan Gregson*

卡尔·奥博克工作坊（Werkstätte Carl Auböck）仍在一个世纪以前家族做五金生意的老房子里，那是维也纳第七区的一幢联排别墅。从包豪斯学校毕业后，卡尔·奥博克二世（Carl Auböck II）在20世纪20年代从他父亲手上接过了这家工作坊。随后的数十年间，他发展出一种特殊的现代主义风格，有别于他父亲标志性的维也纳青铜装饰艺术。他使用的原材料主要是黄铜，赋予手工配饰和家居物件以一种简化而略带幽默感的美学特质，表达了他对这种材质的个人理解。在瓦尔特·格罗皮乌斯（Walter Gropius）和查尔斯·伊姆斯（Charles Eames）两位朋友的帮助下，奥博克的作品在二战之后风靡全球。如今，这家工作坊由他的孙子卡尔·奥博克四世（Carl Auböck IV）经营，手艺人传统和原创设计精神在他的手中延续发展。

官网：WERKSTAETTE-CARLAUBOECK.AT

T形书挡

开信刀

钥匙形螺丝锥

一对烟灰缸

# *III*

逃离

# 贝尔蒙特农场

## 圣基茨岛生态豪华度假酒店

文字& 摄影：*Rosa Park*

高居圣基茨岛上的加勒比山脉之上，有一片162公顷的土地，成百上千成熟的芒果仿佛焦橙色的节日彩纸礼花，点缀在这片曾经的糖料种植园地表。附近有一个苗圃，用来试验哪些作物最能适应这里的气候条件。住在农场的温斯顿·莱克（Winston Lake）是苗圃的照管人，他正一边料理他的植物，一边轻声哼着小曲。在这里，依兰树生长在芳香的桉树边，牙买加蓝山咖啡和橘树种在一起。而菠菜、牛油果树、广藿香、竹子和香根草济济一堂，好不热闹。人们躺在这片苍翠的土地上休息、放松、野餐时，不计其数的无花果树在他们头顶垂下肥硕而富有光泽的叶子，高耸的芒果树为他们洒落片片阴凉。这里也种植着大量用来制茶的香茅草，所以空气中总是弥漫着清新的香气。已经成熟的水果和植物附近挂着“敬请采摘”的标志。

此地便是位于吉迪蒂安山（Kittitian Hill）的贝尔蒙特农场（Belle Mont Farm），一座真正的可持续的绿色度假村，也是其所有者和经理人瓦尔·肯帕杜（Val Kempadoo）所钟爱的事业。肯帕杜关于这个农场最初的设想诞生于2008年，到2014年，贝尔蒙特一期才正式开放。这是一个雄心勃勃且具有前瞻性的项目，其中包括84套当地人建造的具有本地风格的豪华小木屋，大量私人度假别墅，4座农舍，4家餐馆，一片苗圃以及一个观景台，它们都秉持着同自然和谐共处的设计理念建造而成。未来的扩建计划还包括一个拥有100间客房的度假村，更多的餐馆，其中一家还会同农场合作并由美食先锋蓝山大厨们掌勺。这里的设计从房屋、餐厅到高尔夫球场，无处不体现可持续发展的理念。餐厅90%的食材都来自于该农场或附近的农庄和岛屿。而高尔夫球场包含了28公顷的热带水果园，不仅风景优美，这里的农产品也是完全有机且可直接食用的。

“对我来说，酒店只是吉迪蒂安山计划的附属品，就像是某种使命。”肯帕杜说。他出生在特立尼达岛（Trinidad），先是在政府和媒体行业工作，后来才转向社区改造和服务业。“我的愿望是把社区、文化、对自然资源的精心保护、有价值的活动和学习机会在这个项目中融为一体。”肯帕杜对这片土地拥有不可动摇的热忱，他可持续发展的新思路给整个社区带来了深远的影响。“我们的一举一动都考虑到了传统意义上的可持续发展的概念，”他说，“之所以说是‘传统意义上’，是因为我认为可持续发展是从人而非环境开始的。环境是由一些具有可持续理念的人所组成的，而不是相反。我们必须先解决真正重要的社会经济问题，然后才让保护环境和互相关怀成为自觉的行动。”

---

地址：The Village, Kittitian Hill, Basseterre, St Kitts & Nevis

官网：BELLEMONTFARM.COM

# 福戈岛

## 连接过去与未来

文字：*Richard Aslan*　摄影：*Rich Stapleton*

“福戈岛（Fogo Island）在北纬49度44分。”福戈岛旅馆（Fogo Island Inn）老板齐塔·柯布（Zita Cobb）告诉我，“那可重要极了。这些石头知道你在想什么。我敢保证，它们和大海知道的一样多。”福戈岛的位置在远离纽芬兰岛北海岸的拉布拉多洋流的中段。岛屿由葡萄牙探险者命名，在《乌得勒支条约》（Treaty of Utrecht）中，这片岛屿被留给了法国渔民以及18世纪到此定居的英国和爱尔兰移民，他们的到来很快便使贝奥图特土著消失。

“在福戈岛上，所有的一切都和北大西洋上的岛民和他们捕鳕鱼的活动有关。这里的渔夫——造船的，织网的，缝纫的——都拥有流传了好几代的手艺。他们的这种知识没法用文字描述。在这里谋生本身就能让人获得一门独特的知识。”

齐塔出生在乔巴特手臂区（Joe Batt ’ s Arm）的一个捕鱼之家，是七个孩子中唯一的女孩儿。“小时候我们没有电也没有自来水。”齐塔说，“我的父母都不识字。我们那个社群里有天生的回收员、发明家、制造者和手艺人。我们的房子、捕鱼屋、衣物、家具和船只都是手工制造的。几乎从未遇到过什么无法接受和克服的挑战，或许除了鳕鱼濒临灭绝以外。”大约在齐塔10岁的时候，捕鱼业开始没落。“工厂捕鱼船将我们的海岸团团围住，成吨成吨地捞鱼。没过多久，附近的鳕鱼就几乎快要灭绝了。有一天，我父亲在海上工作了一整天，结果只带了一条鱼回家。”很快，齐塔就离家去渥太华上大学，家里其他人都搬到了多伦多。

虽然相距遥远，她却并未真正远离。“我去学了商科，想要弄懂促使那些工厂的船只捕光所有鱼的商业系统。父亲说打败我们的并不是无鱼可捕。他们试图早点生孩子来延续这份职业，但他们不是20世纪资本主义的对手。”等齐塔再回来的时候，1992年的禁令早已宣告了鳕鱼捕捞作为一种生活方式的终结，岛上的居民也慢慢搬走了。“21世纪初我退休的时候，手上还有些闲钱。”齐塔说，“我想为家乡做点什么，我的两个兄弟也是差不多的情况。我们想将福戈岛的当地文化完整保存下来，为它创造一个好的未来。”

首先，他们组织了“大福戈岛平底船竞赛”，目的是培养年轻一代的造船技术。“我兄弟托尼（Tony）说如果剩下的8个手艺人死了，岛上制作木船的技艺也就失传了。”另一个项目是为福戈岛上的青少年提供大学奖学金。“但一次内部会议上，一位母亲指出我们的这种做法是‘给钱送孩子们离开’，她问我们是否可以做点什么让人们留在岛上。”也就是这个契机让我们在2003年成立了肖尔法斯特基金会（Shorefast Foundation），且最终创办了福戈岛旅馆。“我们需要想新的办法振兴岛上的经济，这样人们才能找到有意义的工作。而开一家旅馆可以很好地展示我们的认知方式。”

▶▶▶

FURNITURE OF THE
FOGO ISLAND INN

**福戈岛艺术中心**

福戈岛壮观的自然风景和缓慢的生活节奏为艺术创作提供了绝佳的条件。岛上点缀着由建筑师托德·桑德斯（Todd Saunders）设计的一系列艺术家工作室，这些工作室本身就是艺术。作为肖尔法斯特基金会支持的重要项目，福戈岛艺术中心每年都会邀请各个领域的艺术家前来岛上居住，时长1~3个月。中心会为艺术家们提供住宿和每日津贴，大部分交通费也包含在内。作为回报，他们会为21世纪的福戈岛注入多样且充满活力的文化元素。

◀◀◀

纽芬兰建筑师托德·桑德斯的作品曾被简要归纳为：将我们坚守这座岛屿400年间所积累的一切通过某种现代艺术表现出来。他的立在高木桩上的木屋设计再现了传统捕鱼屋的样式。“每一个细节都反映了这座岛屿的文化。”齐塔说，“我们尽量不错过任何一个利用这里的原材料创作的机会。被子和毯子都是当地的手艺人协会的女人们制作的。她们的技艺是从她们母亲或者姥姥那里学会的。家具也都是手工制成，我们的待客之道也是父母教我们的。岛上的每个人都被邀请留在这里。一位年长的客人曾对当代建筑心怀疑虑，但在他早早来到这里之后，却说‘我很高兴看到你们造出了一种古旧的感觉’。一时间，大家都在心里暗暗庆贺。”

“这是一个百分之百的社会公益事业。”齐塔说，“没有任何投资人要求回报，所有的利润都会通过基金会再次投放到社区。这是一笔经济文化财产，我们希望它能为福戈岛未来的几代人提供保障。”基金会也给本地企业家提供小额贷款，尤其重视与地质旅游相关的企业。为了恢复岛屿的文化与经济活力，基金会创建了福戈岛艺术中心，它以居留为基础的模式吸引了世界各地的艺术家和作家。“艺术家们住在照传统复原的社区房屋里，工作则在各自的工作室里进行，他们以客人的身份去到旅馆、画廊、电影院和图书馆。我认为这里强大的原始力量能让每个人产生一种陌生新奇的感受，它可以激发我们身上某些从未被触碰过的地方，或者自己从未意识到的东西。这些艺术家们工作和思考的方式也与我们高度呼应。”她解释说，“因为他们的存在，这个社区的边界扩大了。他们帮助我们更好地认识到了我们与世界的联结。我们也有在旅游界、设计界和美食界的伙伴。这些友谊帮助我们认清我们究竟是谁。知道了自己是谁，明白了自己如何存在，我们就不会在行动中迷失。”

关于未来，齐塔的思路非常清晰：“我们这些40多岁或者年纪更大些的人还有对于过去人和事的记忆。但我们也必须往其中注入一些新的东西。我希望我们能像一家人似的一起生活、成长，变得强大，像坚守过去一样守住这个地方，继续寻找新的方法将我们自己写入更广阔的世界历史。我希望我们像现代人那样去适应时代的变化，同时也绝不丢掉我们的身份，绝不丢掉在这里曾存在过的一切。我希望能让人们永远感觉到这种延续性。我们将这家旅馆视为连接过去与未来的桥梁。”她顿了顿，“或者说它就像一艘航船，承载着我们的回忆、我们从何而来的历史以及我们努力想要达成的梦想。最重要的是，这艘船背负着一个叫‘福戈岛’的地方。故乡本身就是让我们得以存活的东西。没有故乡，就没有现在的我们。”■

---

福戈岛旅馆官网：FOGOISLANDINN.CA

福戈岛艺术中心官网：FOGOISLANDARTS.CA

本页图 **长工作室** LONG STUDIO　右页图 **扁工作室** SQUISH STUDIO

—

“这些艺术家们工作和思考的方式也与我们高度呼应。
因为他们的存在，这个社区的边界扩大了。他们帮助我们更好地认识到了我们与世界的联结。”